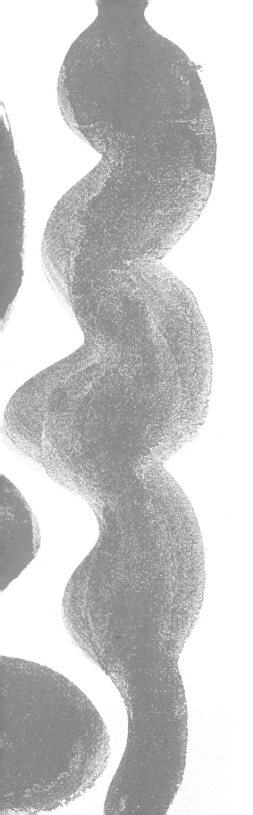

玩月记事

陈泽 著

深圳出版社

图书在版编目（CIP）数据

玩月记事 / 陈泽著 . —— 深圳 : 深圳出版社 , 2023.4
ISBN 978-7-5507-3715-0

Ⅰ . ①玩… Ⅱ . ①陈… Ⅲ . ①散文集—中国—当代
Ⅳ . ① I267

中国版本图书馆 CIP 数据核字 (2022) 第 239654 号

玩月记事
WAN YUE JI SHI

出 品 人：聂雄前
责任编辑：韩海彬　胡文亭
责任校对：万妮霞
责任技编：郑　欢
书籍设计：韩湛宁 + 亚洲铜设计
插　　画：周　圆

出版发行：深圳出版社
地　　址：深圳市彩田南路海天综合大厦（518033）
网　　址：www.htph.com.cn
订购电话：0755-83460239（邮购）0755-83460202（批发）
印　　刷：深圳市华信图文印务有限公司
开　　本：787mm×1092mm　1/32
印　　张：7
字　　数：152千字
版　　次：2023年4月第1版
印　　次：2023年4月第1次
定　　价：46.00元

法律顾问：苑景会律师师502039234@qq.com

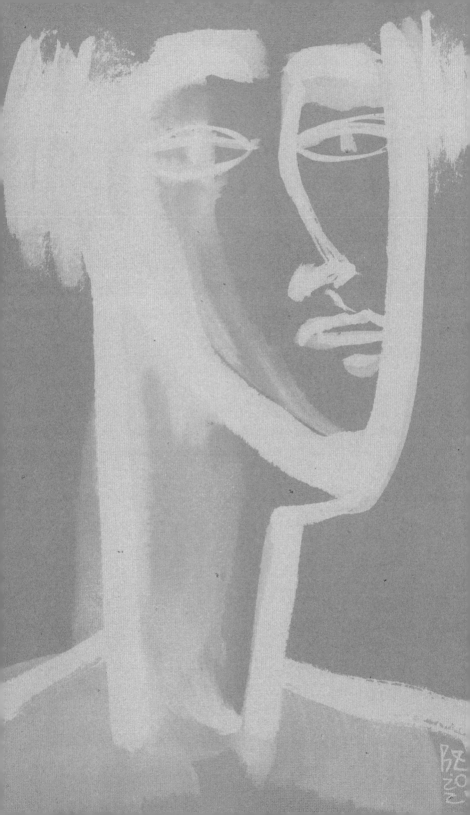

我所言者，自以为是而未必果是；

人所趋者，我以为非而未必尽非。

——清·李渔

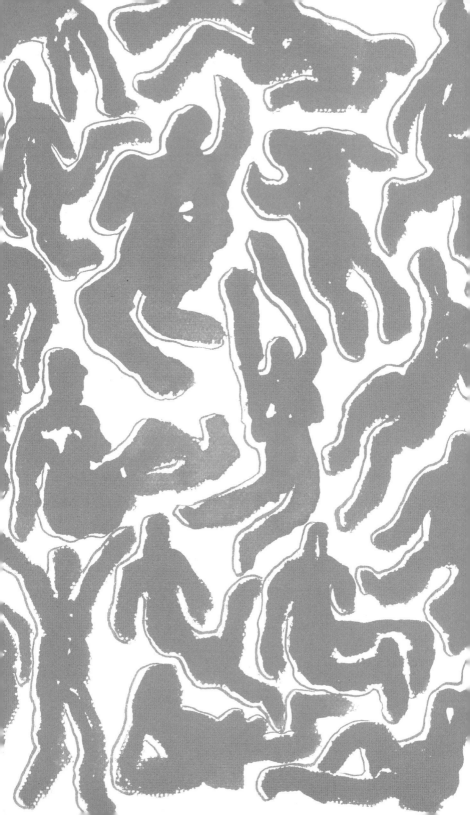

作者简介

陈泽 深圳市作家协会会员，作家，小说评论学者。已出版长篇小说《玩笑》，贾平凹系列长篇小说《高老庄》《白夜》《秦腔》评点本、中篇小说集《废都》评点本，野莽长篇小说《纸厦》点评本等著作。

自序

张潮在《幽梦影》中说:"少年读书,如隙中窥月;中年读书,如庭中望月;老年读书,如台上玩月。皆以阅历之浅深,为所得之浅深耳!"

彼时尚年少,读到这样的句子颇自得,又浮夸得像是吹胀了的气球,看什么都愣头愣脑,哪管什么少年中年老年的深浅,又爱装模作样地玩深沉。由是,给书房取名"玩月斋"。就像丑人造作,穷人扮阔,缺什么才会补什么,以书海之深,来掩饰自己之浅。这情状很有些东施效颦的蠢样子,也不知道招来了多少戏笑。待到醒悟时,已见笑于大方之家久矣!

《玩月记事》记载的便是这期间的一段心路记忆。其中有狂狷、有市井、有问世、有虚荣,自然很难做到"从心所欲不逾矩",有词不达意的窘迫,有自相矛盾的迷惘,至于谬误偏见,更是在所难免。重拾这些记忆,虽然其中的各种鄙陋令我赧颜,但爽直性情和真实心灵,却也让我倍感珍贵而流连忘返。毕竟,这是我差不多近二十年的生活印记,不论是浅薄还是深邃,都做不了假。

而今,我已凡事不再矫情,更不再做无谓的较真,面对"玩月斋"三个字,没有了一开始的踌躇满志,也没有了怕人诘责的惶恐不安。这样讲倒不是说我已经深谙世事深浅,万事通达,只是喜欢上了这一个"玩"字,让我觉得轻松自在。而且这里面收集的所有文章,也都是写着"玩"的,完全没有指导教化的功用,因此,看的人也不用过于较真。这么一想,索性写了"玩月斋"三个字贴在门楣上,旁边还配了一副对联"半梦半醒眠宿酒，亦真亦假著闲书"。此时再看张潮，已是意兴阑珊。

　　既然是写着"玩"的，读到这本书的人，我希望您读着觉得"好玩"就行。

目 录

辑一
世情琐记

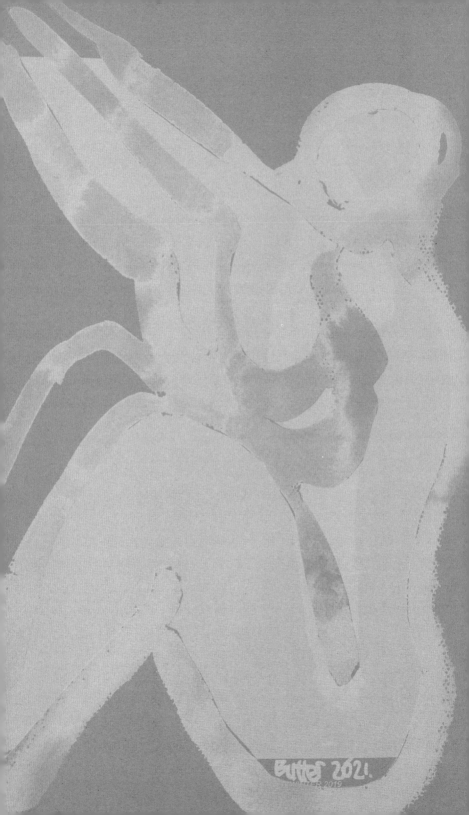

辑一 世情琐记 /

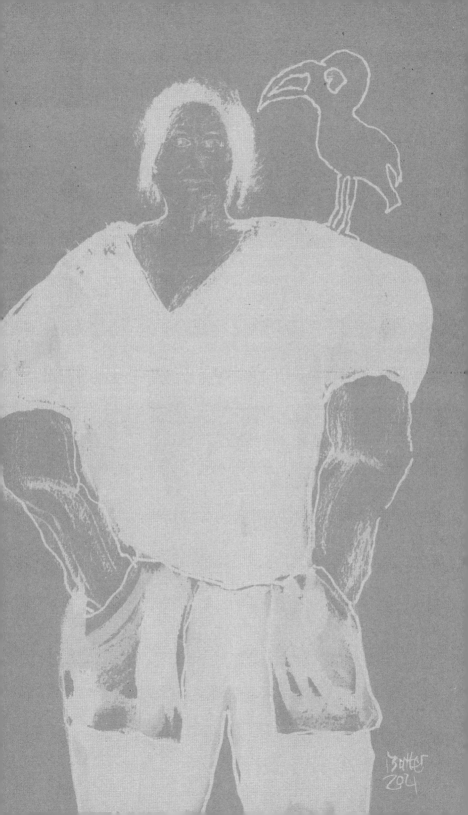

说男人

我请教过一个学画的朋友，画何者最易，何者最难？他回答，画鬼最易，画人最难。因为谁也没见过鬼，可以想怎么画就怎么画，没人会说你画的鬼不像鬼。人则不同，人天天扎在人堆里，千人千面，三心二意，最难把握。而我现在还来写这个？单是想想，就让人作难。这样难了好几天，我想我最真实的快乐和痛苦都在文章里，就继续拿来写。

这要说男人，还真是有点难！梁实秋说男人脏、懒、馋，还自私，种种恶习让人可厌。我想男人的可厌处应不尽于此，可爱处也不至于一无可取，遂列举如下：

男人好斗。好斗几乎可以说是男人的天性，记得小时候读书，课间同学做游戏，女生都只热衷于跳皮筋和踢格子，嘻嘻哈哈地闹成一堆。男生则分成两三伙，轮番打，打到对方不能应战者胜，经常是鼻青脸肿地坐在教室里，谁受伤了也没人去告状，老师也不管，甚至会在旁边观战。居然把打架当游戏？是真打哦，我有个同学外号叫"鸡毛信"，人长得瘦瘦小小的，但怎么打都打不垮，头破了，还打，眼肿了，依然打，就是不认输，脸上常常带了彩，就拾根鸡毛黏住血口子，由此得名。别人说哪里摔倒在哪里爬起来，同学"鸡毛信"是哪里被打倒在哪里爬起来，也有爬不起来的时候，有一次碰到一个更倔的，两人扭在一起谁也奈何不了谁，相互摁在墙角僵持了两节课，班主任是个女老师，劝了半天劝不开，校长来一人给了一脚才分开。这样一直打了五六年，小学毕业忽然就不打了。我现在还算强健的体魄，想来应是得益于那时候这种野蛮的游戏。我一个朋友，每次谈起已经上高中的儿子就满脸的鄙夷，问其故，叹曰："都16岁了居然还没打过一次像样的架，你说这样的男人以后有啥用？"现在的男孩子确实不像我们那会那样打架了，但好斗的天性依然在，儿子细胳膊细腿的，但凡有空，就在电脑里扛着把 AK47 打僵尸。古罗马的角斗场，繁华狂热持续了三个多世纪，那不仅仅是皇廷贵族变态的享乐场，站在可容九万人看台上的，更多的是平民百姓，那些角斗士，虽然被迫残杀同伴，但也一样从中享受着搏斗的快感和胜利的荣耀。今天，文明世界不能允许这种血腥的残酷场面，男人就把好斗的秉性转移到运动场、职场、官场、情场。自从开始男人主宰这个世界以来，社会的发展史就是一部斗争史，男人从小斗到老，从古斗到今。

男人好赌。好赌是好斗的变体，世界在趋于文明，男人也从原始的斗勇转变为斗智。赌博是斗智斗勇最好的体现，好的赌徒一定是智勇双全。在赌博花样的创新上，男人们可以说把智慧发挥到了极致。一副 54 张的扑克牌，可以变换出无数的花样和玩法。麻将是中国对世界赌坛的一大贡献，窃以为国粹麻将可以列为继火药、指南针、造纸术、活字印刷术后的第"五大发明"。连学贯中西的梁任公都说，只有打麻将的时候才会忘记读书，只有读书的时候才会忘记打麻将。不入此四方城者，根本不能领会此精神，和一个朋友看《2012》，看到上方舟的有大象，有老虎，有鸡鸭鱼虫，还有蒙娜丽莎。此君盯着屏幕上的方舟默然半响，忽然很认真地说，这方舟上怎么没有麻将啊？精于此道者，运筹于中发白万筑成方城的条筒之中，决胜于东南西北盘踞四方的诸侯之内，那气度，大有时局尽握、气吞山河之势。战局一开，若有人临时退出就如同杀人越货一样罪不可赦，偶尔碰到三缺一，若有第四人在而拒不上场，那简直是一件伤天害理的事。据说男人要是在失意时和出一副精彩的麻将，连人生观都会改变。

男人好狂妄。狂妄是男人无知无畏和不自信的表现。有句话说："二十岁时不狂妄，没出息；四十岁时还狂妄，更没出息。"男人的狂妄表现在自我吹嘘，自卑者自负，自负者自大，吹嘘是自卑者身上的铠甲，就如同丑女脸上的浓妆，铅华洗净才发现原来乏善可陈。男人吹嘘的主题除了职业、地位、财富、学识之外，更多的是吹嘘自己的风流韵事。但大多数男人在这方面功力欠佳，唾沫横飞间恨不得把所有见过和听过的女人都纳入自己的桃花营里，杜撰和穿凿的痕迹如文在眼皮上的线，不仅假，还俗。这方面的高手和鼻祖要数宋玉，宋玉说："天下之佳人，莫若楚国，楚国之丽者，莫若臣里，臣里之美者，莫若臣东家之子。东家之子，增之一分则太长，减之一分则太短；著粉则太白，施朱则太赤；眉如翠羽，肌如白雪；腰如束素，齿如含贝；嫣然一笑，惑阳城，迷下蔡。然此女登墙窥臣三年，至今未许也！"看看人家，前面洋洋洒洒，由天下而楚国，由楚国而家乡，由家乡而东邻，曲尽铺陈，原来只是前戏，而后峰回路转，才引出了最后的神来之笔，说，这么美的一姑娘，爬着我家墙头偷偷地看了我三年，我都没有答应她！如果登徒子们没有宋玉的这种修为，还是少吹为妙。

　　男人好色。诸好之中，好色是男人最持之以恒的追求，穷尽一生，男人始终都把好色进行到底，有时候名利权钱的追逐甚至只是好色的附庸品。周幽王为博褒姒一笑烽火戏诸侯，贾宝玉为逗晴雯撕扇悦芳心，男人在心仪的女人面前，有时愚蠢得可恨，有时任性得可爱。一九三五年，六十六岁的熊希龄苦追三十三岁的毛彦文到手后，在毛的要求下剃去留了二十年的长须，有老朋友调侃说："秉三，你都这把年纪了，何必多此一举呢？"熊笑答："就是要求在此一举呀！"不管是将相王侯，还是贩夫走卒，在取悦女人的伎俩上，本无高低贵贱之分，情爱本无是非对错可言，男人可以风流但不能下流。对男人而言，只要稍经人事，就对情色孜孜以求，从明清禁书、春宫图册到现今欧美日韩的情色电影，无一不是男人搜罗和珍藏的宝典，这颇让女人费解，觉得男人太下流，其实，这跟男人的学识品行毫无关系，纯属天性使然。在这个方面，女人们不能太较真。连游历七国的孔夫子都说"吾未见好德如好色者也"，我辈愚顽，但圣人的话岂能不听！

　　　　　　　　　　　　　　　　　　　　　　　　　　　　玩月记事

以上四宗，加上雅舍老人说的脏、懒、馋共有七病。凡此不具其一者，圣人；仅具其一者，伪男人；具其二者，小男人；具其三者，男人；具其四者，大男人；具其五者，恶人；具其六者，废人；七宗俱全者，子非人也！

说女人

在说男人的时候，觉得男人很难说。现在说女人，才发现女人更难说。说男人我怕说得不够切实，费尽千言，结果画虎不成反类犬。说女人我却怕说得太切实，太切实会激起女性读者的苛责，她们最善于捕风捉影，很容易对号入座。但又怕说得不切实，不切实又会让她们觉得像隔靴搔痒，有一种穿着雨衣洗澡的不尽意。真是让人发愁。还是圣人无所顾忌，一改委婉圆滑的中庸之道，毫不掩饰地说："天下唯女子与小人难养也！"他的理由是："近之则不孙，远之则怨。"这其实是所有人的秉性，岂能唯指女人？我想，孔老夫子说这句话的时候一定是吃了女人的亏或是受了什么刺激。相反，一向直来直去的英国人却说得含糊其词："男人是奇怪的动物，女人更奇怪！"也难怪，说这句话的拜伦是诗人，诗人总是喜欢含糊其词，说来说去连自己也不知所云，弄得神经兮兮的。

不管别人怎么说，我是很喜欢女人的。当然，男人都喜欢女人，只是我尤其喜欢，因为跟她们在一起太有意思了！

通常，若是没有女人参加的聚会我是不愿意到场的，对我而言，全是男人的聚会简直就是一场灾难。女人天生有一种组织能力和凝聚力，轻而易举就能把各色人等聚拢在一起。她们能忍耐，善包容，爱观察，包打听，小道消息多，知道各人的兴趣和小秘密，能让人各得其所而毫不费劲。她们"巧言令色"，总是能在合适的时候找到合适的话题，不会让谈话冷场；她们还"八面玲珑"，不会让男人们的争执陷入僵局，像是润滑剂。她们能"三心二意"，同时跟好几个人交谈而思路不会被打断。就算什么也不说，隔着好几个人向你绽一个笑，也会让你心神愉悦，就是再沉默寡言的人也不会被冷落。女人是社交圈中的万金油，能同时游走在几个男人之间而游刃有余，就算是在同一个男人面前，在不同的情形下，她们可以是情人、是知己、是母亲、是女儿。所有这些不同的角色不是女人们刻意去扮演，而是天性使然，是一种自然赋予的情感流露。自然生万物，遵循的是公正平衡，阴阳相合，上帝造男人和女人，就是要各归其位，男人欣赏美，女人贡献美，女人贡献了美的时候并非为了取悦男人，更多的是愉悦自己。男人喜欢跟女人在一起，是因为女人的美，就算再不漂亮的女人也有一种美，母性的美。女人是水做的，上善若水！

女人善于言辞，但却不易讲理，你听她说得头头是道，但往往不明所以。女人们最爱谈论的是八卦消息，尤其是身边的八卦消息，她们坚守着一些共同的秘密，在彼此秘密的交换中自得其乐，有时候也自寻烦恼。女人们之间成为密友最直接的方式就是彼此拥有共同的秘密，成为敌人最直接的方式则是把对方的秘密告诉第三者。她们热衷于谈论明星，但基本都是用感官支配大脑，一场电影好不好看，全要看男主角帅不帅。她们也谈诗、散文和小说，前提是这个作家要年轻有型。从这一点上来说，女人更注重声色。男人好色是占有，女人好色也想占有，但更多的是欣赏。好色的女人不仅对男人评头论足，对女人更是精挑细琢。去参加婚礼或是宴会，总是能从新娘或女宾身上找到几个不及自己的地方讲给同伴听。女人喜欢美食，但又怕胖，现在不管多瘦的女人似乎都怕胖，减肥就成了女人的终身事业，宴席上多吃几块肉，也会对着镜子照一下，生怕刚刚吃进去的马上从脸蛋上长出来。女人特别爱讲话，有经验的男人都知道，女人全身最灵活也最发达的肌肉非舌头莫属，因此他们大多口齿伶俐，极具语言天赋，女人们物尽其用，把这种天赋发挥到了极致，数落老公、训斥孩子、八卦同事永远是女人排毒养颜最有效的灵丹妙药。如果一个女人不跟你说话，只有两种可能：一种是她完全无视你，另一种则是她正准备无视你。在男人看来毫无意义的事情上，女人们却花费着大量时间乐在其中并流连忘返，今天换个发型，明天描个眼线，穿衣服似乎从来拿不定主意，总是反反复复地征求男人的意见，不把衣柜里所有的衣服换一遍不会罢休，其实主意早在心里，就是要从男人口里或眼里求得一个印证。不为无益之事，何悦有涯之生，女人就是这样，总能在平淡的琐事中领略到生活的真谛。

　　女人也喜欢评论时事，但没有明确赞成或反对的东西，也不像男人那样重于理论。男人在理论的交流中往往会陷于空谈，女人则能在纷乱杂陈的理论外衣下抓住现实，有一种世道人心的用意，她们用直觉诠释生活，从而更接近人生的意义。她们常常会说："我觉得……对。"什么事对女人来说感觉才是第一位，用感觉做判断，做决定，不需要理由，也不需要以事实做对照。月圆月缺，潮起潮落，女子的生理和心理更接近自然，能够用感官领悟周围事物的变化，四时成岁，经月历年，女人的身体是和自然融为一体的。

　　女人想象力丰富，尤其爱幻想。遇见心仪的男人，女人马上会想象跟这个男人走进结婚礼堂时的样子，甚至连将来孩子的样貌也能在脑子里过几个来回。同样的情形下，男人也幻想，但男人的注意力往往从容貌为始，亦以容貌为终，不会再去做深入探求。女人则不同，即便是一次偶遇，女人也会在想象中把自己的整个人生贯穿其中，明知道那只是滚滚长河中的一小片浪花，女人也能在那浪花上荡起一叶扁舟，用美好做楫，驶向梦想的彼岸。想象力是上天赐予女人的一种天赋。丰富的想象能让女人在平淡的人生中焕发出无穷的活力，把男人眼里寡淡的生活装扮得五彩斑斓，往往能产生奇迹。女人不像男人把现实和想象分得那样清楚，因此，女人比男人更能承受生活的重负，能在暗黑中看到光亮，在苦难中看到希望。对于女人来说，一直幻想是一种灾难，但若是没有了幻想则是一种更深的灾难。

　　为了让自己对男人有长久的吸引力，女人不仅要跟同伴赛跑，还要跟时间赛跑。

她们花费大量的时间、精力和金钱，用各种各样的化妆品来装点门面，让脸变成各种化学品的试验田，变成各种颜料的画布。甚至还冒险去医院开刀做美容手术，费尽心思地想要守住自己的美。要知道男人是吃了五味想六味的秉性，女人若是一味地迎合男人就会失去自我，在短短的人生里去经受长长的磨难。青春不能永驻，岁月易于流逝，但不同阶段的女人有不同的美，二十岁是三春花事烂漫后的四月五月天气；三十岁是盛夏的果实；四十岁是清风明月下微泛涟漪的一泓秋水；五十岁以后是冬阳煦煦下的安详静谧。女人要活出自己的态，李渔说女人之有态，如火之有焰，灯之有光，珠贝之有宝气。态是古代的说法，现代人叫气质。岁月会让青春流逝，却可以让气质永存。美貌先天而生，气质后天培养。我的一位女同学，毕业晚宴上老师问她上学几年的感受，她说：我觉得我越来越漂亮了！苏东坡说："腹有诗书气自华。"女人不光要外驻容颜，更要内塑自我，内外皆修，才会常活常新，在不同的阶段呈现不同的美。

　　说了这么多，千万别自以为了解女人，女人嘴上说的和心里想的有时候会大相径庭，她们眨着大眼睛看着你，一脸的天真和无辜，但脑子里的奇思妙想绝对会让你觉得匪夷所思，此时要是能连接一种仪器把女人脑海里的想象呈现出来，男人们会崩溃的。

说孩子

　　女娲造了人，从此觉得烦，就把造人的职责交给了人。人不能擅越"神"的职责，只能造出人的前身——孩子。人都是无利不起早的，可在代替女娲造人这件事上却是不遗余力，那是因为上天了解人的秉性，移交职责的同时赐予了人性的欲望，爱的欲望和被爱的欲望。让男男女女在享受欢愉之后不得不为人类的延续承担责任，成为永远不能赎身的奴仆。人最会算计，但算到底，还是只能在上天的荫庇和操控下活着。但人也有办法，发明了安全套和节育手术，否则，地球恐怕早就不堪重负了，这是女娲的本意吗？谁知道呢！

　　追根溯源，孩子的出生是上天的旨意，因此，孩子最接近"神性"。

　　小孩子有着放恣的心性与爱悦自己的本能，那是生命之源最活泼的张力。开心时恣意地笑，发疯地闹，偶尔惹恼了，会尽情地哭。哭得梨花带雨，风吹滴滴落，来得快也去得快，过去就过去了，一句俏皮话或是一点小零嘴，会马上破涕为笑，瞬间阳光灿烂起来。孩子的一切都是随性而来，对万人万事万物都存有一种无差别的好意或者恶意，一个小玩意儿，能翻来覆去地玩几个小时而不生厌，谁也不能想象他们小小的脑子里有怎样的丰富景象，没有旁人招呼也能咯咯有声地自得其乐，趣味全在自己心里，大人不能理解，这就好比无趣的人看天边云卷云舒，山间风起风落，仿佛天天都是一样的。

　　孩子的神情是世界上最洁净的颜色，不仅能净化人的心灵，有时还能给艺术家灵感。说是一个青年画家办画展，开展前一晚主办单位来人审查，看到一幅裸体女人的画像，就要求撤下来，画家不愿意，灵机一动，提笔在女人怀里画了一个嗷嗷待哺的婴儿，小小的嘴噙住了裸露的乳，审查者满意而去。这是画家的无奈。审查者看到裸体画像怎么想的自不待言，画中的孩子是无辜也是无心的，却在无意的随性中除去了人心的邪念，凡事不能先有个存心，就像写文章一样，作者要有让读者去咀嚼文字之外的余裕。

大人喜欢孩子，把孩子当作用语音和动作遥控的活动玩具，做出各种滑稽的动作逗孩子笑，逗孩子哭，有时还逗孩子怒，以为孩子是蒙昧无知的小傻瓜。可谁能知道被当作傻瓜的孩子不是在逗大人呢？孩子的模仿力惊人，往往能直指事物的本质。每个孩子在未经尘世之前都是天才。傍晚时分去公园里散步，看见有人打太极，旁边就有两三岁的孩子照着样子模仿，一招一式居然有板有眼，颇具行家法门。书房里挂了一幅名家写的字，是那种魏晋古朴的风格，儿子四五岁的时候拿着毛笔照着描摹，竟然极具神髓，后来送去学书法，几年之后，再去临摹，一笔一画规规矩矩，虽有其形，但其神髓已失之六七。这是教育的悲哀，望孩子成龙成凤是所有父母孜孜不倦的人生追求，孩子刚刚会念字，每有客人来，就拉着孩子背唐诗，从此一个诗人就这么陨落了！无数的画家、音乐家和诗人在父母虚荣的期望中厌恶画画，仇恨钢琴，摈弃诗文。父母自从有了孩子，生活的重心就发生了改变，一切围着孩子转，成了永远不愿赎身的奴仆，奴仆是可怜的，可怜之人必有可恨之处，很多父母在苛刻自己的时候也在摧残孩子，用尽方法按照自己的想法塑造孩子的时候，往往却扼杀了一个个天才。"幼有神童之誉，少怀大志，长而无闻，终乃与草木同朽"，我们就这样坚持不懈地"毁"人不倦。

天才的艺术家都是童心未泯的大孩子。一个孩子来到这个世界，看到的和听到的，都新奇而有趣。目之所及的世界就是心里的世界，其一颦一笑，一言一行，都发乎心而达于意，完全是自己内心世界的外在反映。李贽说："夫童心者，绝假纯真，最初一念之本心也。若夫失却童心，便失却真心；失却真心，便失却真人。"大人觉得小孩子可爱有趣，就是因为他们童心中的纯净、简单，还有不加掩饰的率真。小孩子看到喜欢的东西，小小的眼睛里就透出贪婪的光，那也是可爱的小贪婪。百货商场里，常常看到父母牵着小孩子走了老远，孩子还扭着身子回头盯着自己中意的小玩意。

一个人要保持童心，才能逾越世道人心的俗障，去接近自然的本真和"神"的本意，从而成就天才。林语堂四十自寿诗的最后一句是："一点童心犹未灭，半丝白鬓尚且无。"

衣，穿衣

早春周末的一个午后，整个人慵懒得如卧在沙发上没有睡醒的猫，软得提不起一点精神，百事捉不到手里。把电视频道换过一遍，又换过一遍，无趣得很。信手抽出了书架上一本《中国古代服饰研究》，这是沈从文先生晚年的一部学术著作，一直没有闲心看，此时拿来翻一翻，这种图文并茂的解说正好可以解困。沈从文是小说家，从实用的角度来阐释艺术，用衣饰装束解读中国几千年的社会变迁，从旧石器的树衣兽皮一直穿到了清代的锦绣旗袍，可谓"衣被天下"。学问那么深，而用笔这么浅，没有把有趣的文玩衣饰装进学术的闷葫芦里闷死人，让人欢喜。沈老真是温润如玉的谦谦君子。本来，做人如同做文章一样，到了一定境界，自然会生出一种"温润如玉"的凝脂之美。

我是那种经不住诱惑的人，读到好的文字就难免技痒，而且文字如同水一样，有聚集的秉性，故作赘言，权当续貂之狗尾。

但真要付诸笔端时，却发现这其实不是很容易的事。《易·系辞》里说"黄帝尧舜垂衣裳而天下治，盖取诸乾坤"，不论是制衣还是穿衣，都绝对算是一件大事。人类学家认为，人和动物的区别在于劳动，说得太笼统了。燕雀做窝，蛇鼠打洞，算不算劳动呢？但终而不可能成人。窃以为用制衣穿衣作为人和动物的分水岭倒不失为人类考古的一种新思路。《旧约·创世记》中，亚当和夏娃受了蛇的诱惑，偷尝禁果，开始有了识别善恶美丑的意识，便用树叶遮挡自己身体的隐私。上帝得知他们违反禁令，就用兽皮做成衣服给他们穿，并且将他们逐出伊甸园。这里撇开了天上人间的大义和苦难不谈，单提制衣穿衣，颇有意味。亚当、夏娃本来以树叶遮体，却让上帝看到了人的意识觉醒，还亲自用兽皮做了衣服给他们穿，这或许可以看作是人之为人的标识。

溯本求源，中华服饰的创始和沿革，如沈老所言，照例也要归功于三皇五帝。不论是黄帝时"胡曹作衣"还是"伯余、黄帝制衣裳"的传说，都明确了中国服饰出自凡人之手。这在《淮南子·氾论训》中描绘得尤为真切，"伯余之初作衣也，掞麻索缕，手经指挂，其成犹网罗，后世为之机杼胜复，以便其用，而民得以掩形御寒"。

从中西方对服饰的文化渊源上看，中国的气魄要大得多，肯定了人的创造。

"黄帝尧舜垂衣裳而天下治，盖取诸乾坤"更有了一种王者之风。衣裳超出了仅仅掩形御寒的实用性，更体现了华夏民族的世界观，以及在此基础上衍生出的政治哲学。乾上，坤下，如同上衣下裳。垂衣裳而取诸乾坤，将阴阳、天地、男女、父子、君臣包罗其中。上衣下裳规整了天道人世的秩序——君臣、领袖、官吏（谐音冠履）；一领二袖；一官（冠）二吏（履）——用衣裳的先后与上下，各部位的名称与从属来比拟治理家国天下的职官设置，《易》的博大精深，本意在此。

中国的服饰到了汉唐算走到了极盛，开了文明礼乐的全新世界。当时，汉服唐装从长安一直穿到了整个东南亚。日本人照着样子改成了和服，唐朝服饰的繁华中蕴含着一种开阔和清俭，和服却舍本逐末，式样上趋于繁装缛饰，渐巧渐小，失了本意。毋庸赘言，后来的中国，服饰文化是越来越没落了。到了清朝，在文武大臣的顶冠礼带上不仅插了鸟雀羽毛，还将"马蹄"缝在了袖口，繁琐到举手投足都显得累赘，真是多余。连王朝也在这种繁文缛节中陨落了，这怪谁呢！

今时今日，服饰的发展一如科技和经济，西服一路攻城略地，大有世界趋于大同的阵势。但同衣不同人，同样的装束，穿出来的效果却大相径庭。这让人好不作难，女人尤其难。无数的人站在时尚潮流的风口浪尖上，不知道风往哪边吹，一时无所适

玩月记事

从。况且服饰发展到了今天，其功能已不再仅仅限于掩形御寒。要有掩有显，有遮有露。有时掩的目的是为了显得特别，遮的目的是为了露得得体。个中精义，除了要有持之以恒的钻研精神，还要有点悟性，否则是很难把握得当的。于此颇有造诣的李渔说："妇人之衣，不贵精而贵洁，不贵丽而贵雅，不贵与家相称，而贵与貌相宜。"说来说去，知其然而不知其所以然，中国的文字太抽象，有时意思就显得模糊，只求达意而不负实责，让人捉摸不透，一句话常常因人而异而理解完全不同。

我有时会认为，中国的语言文字，对受众的理解能力和领悟能力的要求似乎更高一些。还是杰姆斯·莱佛在《品味时尚》中发明的"莱佛定律"更直白一点，在幽默睿智中或许有实际的指导意义："穿先进十年的服饰：猥亵；穿先进五年的服饰：无耻；穿先进一年的服饰：大胆；穿时下流行的服饰：漂亮；穿一年前流行的服饰：邋遢；穿十年前流行的服饰：丑陋；穿二十年前流行的服饰：滑稽；穿三十年前流行的服饰：好玩；穿五十年前流行的服饰：古怪；穿七十年前流行的服饰：妩媚；穿一百年前流行的服饰：浪漫；穿一百五十年前流行的服饰：绝妙。"难怪张爱玲也说："要想让人家在那么多人里只注意你一个，就得去找你祖母的衣服来穿。"这让跟她聊天的女工吓了一跳："那不是跟穿寿衣一样了吗？"张爱玲不以为然："那有什么关系，别致就行。"

就穿衣这件事来说，追求时尚别致可以，但若一味求实而落入了艺术家们的圈套，一不小心，就沦为了行为艺术的牺牲品，那就成现实中的黑色幽默了。当然，要是有张爱玲的才华和气魄，还是不妨一试的。

食髓知味

学问之道，先知而后行，饮食亦然。

——袁枚

随园主人袁子才不仅文采出众，美食品位也出众。除了《小仓山房诗文集》，还有一本《随园食单》。如果你翻一下，袁子才的这个食单，简直就是一桌浓缩了中国烹饪精华的饕餮盛宴，让人垂涎不已。《礼记·玉藻》里说："君子远庖厨。"受其蛊惑，我成了一个几乎不会做菜的人，读书读到这样痴呆的地步，真是悲哀。因此对于饮食一道，我只停留在了只知其然而不知其所以然的阶段。可见圣人的话，真的不能全信。好在孔老夫子还说："饮食男女，人之大欲存焉！"这话听着受用。做虽然不会做，吃还是爱吃的。

钱锺书先生在他的短篇小说《猫》中，讥讽留洋随员考察回国后，竟归纳了几句传家格言："吃中国菜，住西洋房子，娶日本老婆，则人生无憾矣！"其他几项未曾领受，不敢妄议。但爱吃的人生在中国，应该算是一件幸福的事。

中国的饮食文化历史悠久，源远流长，博大精深，具有鲜明的民族性和地域性，五味之中，各擅胜场。总体来说：北方嗜酸，江浙喜甜，川湘爱辣。苦和咸没有区域性的优势，但嗜于此味者也不乏其人。中国饮食中，最特别的还有一味，那就是臭。臭和香一样，包含于五味之中又游离于五味之外，算是特立独行的一枝。广东人在五味之中不偏不倚，酸甜苦辣咸，每一样都淡，淡到无和有之间，这就体现出了食物的原味，因此广东人最会吃，也最敢吃，天上飞的地上跑的水里游的都可以摆上餐桌。

广东人还爱煲汤，也是什么都拿来煲。有一个笑话说：一个广东人一个上海人一个北京人同时发现一个外星人，北京人说："把它带回去解剖，研究研究。"上海人说："不对，应该把它带回去办个展览，收门票赚钱！"广东人则说："你们说得都不对，应该把它带回去煲汤。"笑话自然纯属杜撰，却很形象地反映出广东人对吃的执着，正是基于这样的执着，成就了粤菜在中国八大菜系中卓然而立的龙头地位。

我更偏爱的是地方小吃。工作之便，每到一地，我总会游走在街头巷尾寻觅当地最地道的吃食。虽然很多名不副实，我依然乐此不疲。天津的狗不理包子天下闻名，但我吃了几家都不觉得好，可能是因为盛名之下，仿制者众而不得要领，没吃到正宗的。有一年去西安，朋友介绍去吃当地的"贾三灌汤包子"。有了狗不理的经验，起先颇不以为然。朋友说得眉飞色舞，盛意难拂，就随他到了回民街的老店，果然食客鼎沸。贾三灌汤包子是清真食品，主要馅料是三鲜和羊肉，要现蒸热吃才能体现其精髓。不仅制作手法繁杂精细，吃法也颇为讲究：笼屉上桌，食客先用筷子夹住包子收口褶皱处，轻轻上提，同时左右摆动，使包子底逐渐脱离笼垫，然后用汤匙托住包子，小心将包子皮咬破，破口要小，比西施的口还要小，然后轻轻吹气，待其稍凉，用嘴唇将小口整个裹住，吸，鲜香的汤汁便流溢于唇齿之间，最后，取佐汁适量于小口处浇入，挤馅入口，滑嫩如美人舌，让人齿颊生香。这个吃法，需要反复练习才能把握要领。太急，容易烫口且汤汁会外溢；太慢，等汤汁凉了，其神髓则只能取之五六矣。朋友见我手忙脚乱，讲了一个来这里吃包子的笑话：说是两个不相识的人同坐一桌吃包子，其中一人一口下去，包子里的汤汁直飙过去，把对面的客人喷了个满脸花，肇事的这位还浑然不觉，依然低头猛吃。被喷的这位涵养极高，竟然不动声色。跑堂的伙计看不下去，拿了毛巾给客人擦脸，这位却慢慢地说："不着急，他还有两个包子没吃呢！"

各地小吃之中，唯独臭豆腐一直让我退避三舍。有一年去长沙，朋友带我去火宫殿吃臭豆腐。火宫殿是长沙小吃的聚集地，也是夏夜美女的聚集地，因为热，湘女都着装清凉，就算不吃东西，来这里也能让人心神愉悦。臭豆腐是每桌必点的招牌小吃，去晚了就会售罄。一碟五块，炸得黑黑的，我壮着胆子吃了一块，没有勇气再试第二块。看着同桌的美女大吃特吃，全不顾涂了口红的唇，心里就可惜了那么香的嘴竟吃得下这么臭的东西。

我的家乡有一种罕物，叫榆钱。到了阳春，便成串成串地挂在门前屋后的榆树上。榆钱圆圆的，一串一串的像极了铜钱，但最大的叶子也比最小的铜钱还要小，能吃的时令只有三五天，过了时令叶子一发散，就会变涩变苦，不能入口。这可是小孩子的爱物，我们爬上爬下地采了回去，母亲用淀粉和蜂蜜揉裹成团，入屉蒸熟，淋一点麻油，入口酥软温润，香甜不可名状。那时班上有个女同学姓俞，居然叫俞茜。榆钱可以蒸了吃，俞茜却不能——裹了蜂蜜也不能。俞茜长得乖巧可爱，见人总是笑笑的，温软的声音甜而不腻，很好听。都说她的嘴很甜，可我一次也没尝过！后来离开家乡到外地读书，从此与榆钱无缘。

热衷小吃的人，大多不是为了果腹，而是为了满足口舌的享乐。知堂老人周作人说："我们于日用必需的东西以外，必须还有一点无用的游戏与享乐，生活才觉得有意思。我们看夕阳，看秋荷，看花，听雨，闻香，喝不求解渴的酒，吃不求饱的点心，都是生活上必要的——虽然是无用的装点，而且是愈精炼愈好。"可世事弄人，食不求饱的知堂老人在晚年，却窘迫到依靠香港的后生晚辈鲍耀明邮寄猪油、虾米之物凄凄度日，且每次都嘱咐所寄之物要"经久耐吃，不至于一口吃尽"。学界大师竟然沦落至此，不能不让人感到悲凉。

确实，真正饥饿的人，首先想的一定不是鱼翅燕窝，也就是一个馒头一碗白粥。如果一味要求食物的精细繁杂，容易走向另外一个极端。中国烹饪有一个偏门：为了将食物的鲜嫩汲取到极致，竟直接将活物入锅，真真让人惊骇。比如做"泥鳅穿豆腐"，将活泥鳅和豆腐放入锅中，文火慢煮，泥鳅受热遁入豆腐中求生，却正好中了厨师的圈套。这样的目的是可以兼容豆香和泥鳅的鲜嫩，还有一种水煮活蛇的做法也与此类似。我亲自看过油煎活鱼过程：师傅将鱼敲晕，用力要恰到好处，飞快地去除内脏杂什，刀法要快，然后将鱼放入锅中慢煎，鱼清醒后已是水深火热，在锅里弹跳，看的人也心惊肉跳，为了口腹之欲，人才不管鱼怎么想。子非鱼，安知鱼之乐，子非鱼，也无须知鱼之痛。

能吃的人不少，但会吃的人不多。饿的人能吃，馋的人会吃。饿的人吃，满足的是本能的需求。馋的人吃，则追求的是味觉的品位。如周作人和梁实秋，不仅会吃，会做，而且会写。馋着吃着，就馋出了艺术。梁实秋在《雅舍谈吃》里说："上天生人，在他嘴里安放一条舌，舌上有无数的味蕾，教人焉得不馋？馋，基于生理的要求，也可以发展成为近于艺术的趣味。"确实，很多生理的要求，都发展成了近于艺术的趣味。

会吃还得会做。能将山珍海味制为佳肴，那是顺了先天物性，不足为奇。但若能将普通之物化平凡为神奇，才见得功夫。川菜有上千种菜品，其中不乏珍稀之物，但被视为川菜神品的，居然是一味"开水白菜"。据说正品的开水白菜烹饪极其复杂。不仅白菜只能选用北方霜降后的白菜菜心，且只能取其最嫩的三分之一，做上汤的配料那就更讲究了，要用整鸡、鲍鱼、干贝、白菇等大鲜之物做衬底。大功告成之后，菜品上桌，入眼的是一颗栩栩如生的白菜浸在不带一丝杂色和油腥的开水中，宛如睡莲初开，色香味皆如同仙品一般动人心魄，将饮食和艺术发挥到了极致。成就这样的神品，需要深厚的文化底蕴做背景，中国文化的最高境界，追求的是自然空无。空而容纳万物，无而催生百味。正因白菜的无色无味，恰好能吸收容纳百味的鲜美。难怪成都百年老店"盘餐市"门口写了一副对联："百菜不如白菜好，诸肉还是猪肉香。"

吃，贯穿了人生的始终。不管是山珍海味，还是家常吃食，五谷穿肠，能吃是福。吃得舒畅在于肠胃，吃得愉悦在于心胸。金圣叹因"哭庙"罹祸，在临刑前对狱卒说："花生米和豆腐干同嚼，有火腿滋味！"面对生死还能洒脱至此，生命自然波澜壮阔。

房事杂谈

我有一所房子，面朝大海，春暖花开。

——海子

此房事非彼房事。

我这里说的房事，是关于房子的事。虽然没有风花雪月的男欢女爱，但你也不要失望地走开去，当下的中国，要是你连房子都不关注，你还会关注什么呢？连诗人海子都说："我有一所房子，面朝大海，春暖花开。"可见，不管是诗人还是俗人，说到房子，都有一个梦想！

人生在世，房子是安身立命的基础。人只要活着就需要房子，甚至死了也需要。人会不断地自我繁衍，繁衍比消亡要快，但土地不能繁衍，成了一种稀缺资源。于是，附着在土地上的房子就越来越贵。人生于社会，但又要独立于社会。外面的世界那么大，人作为社会的个体，能拥有的，也就是房子里的一方寸土。确切点说，其实连寸土也没有，住在城市里钢筋水泥的丛林中，抬头无天，低头没地，有的只是一个夹缝中的空中楼阁。人什么都不避讳，但人最避讳的是人，所以要用钢筋水泥筑起四道墙，把自己围起来，也把别人围出去。门"砰"地关上，你就可以随心适意地想干什么就干什么。可以穿着睡袍随意坐卧，不穿也行；可以和女朋友放肆地爱，或者不爱；可以相夫，教子；可以回归本我，放浪形骸；可以开心地笑，真心地哭。

为了生计，人在不同的城市间游走，身体和灵魂都在漂泊，像一叶浮萍，找不到根基和归宿。有了房子，身心都会觉得踏实很多，觉得自己有了根基，不再是过客，像是成了这个城市的主人。生活在这个城里，每个人都会带着一把钥匙，人在四处奔波，有这把钥匙握在手里，心里就安妥。不管在外面受苦，受累，受委屈，受气，只要用那把钥匙打开了自己的房门，再"砰"地关上，一切烦恼和不快都被关在了外面。管他呢，亲爱的，世界要末日就末日去吧，反正我们一起在我们的房子里！

宋代的尤袤在《全唐诗话·白居易》里记录："乐天未冠，以文谒顾况，况睹姓名，熟视曰：'长安米贵，居大不易。'"说的是贞元三年，十六岁的白居易来到京都长安，带着自己的诗稿去拜会名士顾况。顾况看到诗稿上"白居易"的名字，便开玩笑说："长安米贵，居住很不容易啊！"长安是唐都，是当时达官显贵聚集的繁华之地，连顾况都觉得米贵居大不易，那升斗小民要居大大不易。一千多年过去了，兜了好几个圈子，今日不仅京城居不易，普天之下，率土之滨，恐未有易居之地。不是米贵，关键是房子贵。

中国人有置办房产的传统。安居才能乐业，如果一个人一生没有一套属于自己的房子，人生就会留下遗憾。不管是乡村还是城市，大家节衣缩食，第一件事就是要建造房子。自己有了还不够，还要给子子孙孙建。有一套还不够，还要同时拥有更多套。中国封建礼制中把不同妻室分为大房二房三房，想必也是这个缘由。无数的女子待嫁闺中，不是没有男子，而是没有房子。因为后面有无数的准丈母娘说：没有房子就结婚等同于耍流氓。但这也不能怪丈母娘。哪个母亲愿意自己的女儿跟你露宿街头？

太白诗云："夫天地者，万物之逆旅也。"人生本来如寄，房子其实也只是我们的寄居地，不管是自有还是租住，说到底还是身外之物。我居此一日，此居即一日为我所有。不管是诸葛之庐，还是阅微草堂。生前有痕，身后无影，只是人世经历的一个过程。任何东西，你太在意，就会受其所累。我们这样活着，不求超脱，但要心安！写到这里，忽然想起顾城的一首小诗，觉得很对应，抄录于此，作为结语。

小巷

又弯又长

没有门

没有窗

我拿着旧钥匙

敲着厚厚的墙

旅行

最近打算出趟远门，就给自己出了这个题目，本来是想旅行回来再写的，可这几天收拾行李整装待发，越接近行期，竟然越觉得索然寡味，远没有一开始决定出行时的那种兴奋和期盼。旅行这件事，还真是不假思索地说走就走，会让人更感畅意。刘义庆在《世说新语》中说："王子猷居山阴，夜大雪，眠觉，开室，命酌酒，四望皎然。因起彷徨，咏左思《招隐诗》，忽忆戴安道。时戴在剡，即便夜乘小船就之。经宿方至，造门不前而返。人问其故，王曰：'吾本乘兴而行，兴尽而返，何必见戴？'"这样不怀目的的说走就走，乘兴而行，兴尽而返，算是最接近旅行的本意了。

但不忘初心，说起来容易，做到很难！

这么一想，我怕这天南海北的一程走下来，沿途风光是不是自己期望的那样姑且不说，单是规划行程，安排住所，已经够让人烦心劳力，倘若站在自由女神像前，还想着怎么把她写下来，那可是一点儿也不自由，失去了旅行的本意！况且，我是那种一心不可二用的人，不论是和朋友吃饭喝酒，还是跟心仪的女生约会聊天，从来不能兼顾其他与本意无关的俗务。凡事若先有了存心，那行事的兴致，就会荡然无存。还记得小时候学校组织的春游秋游，最恨的就是回来还要向老师交一篇《某某游记》之类的劳什子，几十年都过去了，我不能还在原地打转。何况，现在这个读图的时代，纵然你妙笔生花，一味搜索枯肠地描山绘水，其实没有意义，快门一闪，一张照片抵得过你连篇累牍的锦词绣章。所以，乘我的兴致还没有被旅程的繁琐消磨殆尽，先放开了思绪去胡思乱想，虽然没有实景可以做衬底，但恰好可以不受约束地想象，往往虚构的景象会让自己的内心更真实，有时候表象太具体，呈现的内容就会作假，就像名人巨富们让人代笔的回忆录，看起来都有事实做对照，其实本来面目全然不是那么一回事儿。

古人说读万卷书不如行万里路，这里的行指的是接地而行，是要用双脚一步一步地丈量行程，这本来比读万卷书要难很多，至少会让很多体力羸弱的人吃不消。现代交通工具发达，自从有了飞机，施施然御风而行，一天何止千万里，却并不能从此学富五车，脱胎换骨。就像孙行者一个筋斗可以十万八千里，但取不了经，只有随着唐三藏老老实实地经历九九八十一难，才能成佛。

有没有人一生一次也没有旅行过，一定是有的。那有没有人一生一次也没想过去旅行呢？我想是没有的。人在一个地方待久了，觉得烦，就想离开，但这种离开不是真的一去不回，只是从一个自己待腻了的地方到一个别人待腻了的地方消遣一下，旅行就是这样的一种消遣。消遣的方式有很多种，孙传芳说："秋高马肥，正好作战消遣。"与孙传芳相比，旅行算是一种比较可行且破坏力较弱的消遣。说旅行具有破坏力，也不是危言耸听。试想一下，旅途中的行程景点不易订，舟车酒店不易租，人有三急不易等，住宿饮食不易适，人地生疏不易找，导游车夫不易缠，购物论价不易讲，中西言语不易通。凡此种种，单是想想，就让人发怵。好在这只是我等升斗小民的顾虑，对于富商大贾高官权贵这也许不是事。

可除此之外，旅行最能洞见人的品性。一个人待在熟悉的地方，处在熟悉的人中间，言谈举止都能循规蹈矩，会不由自主地约束自己，一旦换了环境，像是冲出牢笼的困兽，不免寄情山水放浪形骸。有社会学家分析说，人喜欢回归山林是潜意识中的返祖现象。返祖就难免暴露出原始的本性，一扫平时的遮掩与伪饰，显现真我。这就糟了，因为不是所有的真我都能被人赏识和接受，结果就会可恶的更可恶，可爱的更可爱。难怪钱锺书会建议，打算结婚的情侣最好先去旅行，旅行回来还能决定在一起的两个人，应该是可以执子之手与子偕老了。

　　旅行纵然有诸多不是，但究竟还是有它的乐趣在。从选择目的地开始就给人新的希冀，虽然旅行以不带目的为目的，那也要有个目的地。说是有个捷克人，申请移民签证，官员问："你打算到哪里去？""哪儿都行。"官员给了他一个地球仪："自己挑吧。"他看了看，慢慢转了转，发现没有一个地方是他满意的，于是对官员道："您还有没有别的地球仪？"移民不比旅行，像是要把自己今后的余生托付出去似的。旅行大可不必这样慎重，明知道去了还是会回来的，就像做不了夫妻的情侣，彼此都不会那么挑剔，反而有一种超越期望的愉悦。

　　地点终于选定，不说一路上湖光山色的旖旎风光，也不说天南海北的异域风情，单就暂时抛开朝九晚五的案牍劳形，避开不愿面对的人和不想烦心的事，也足以让人神往！要不那么多人前赴后继地行走在路上，出发的满怀期待，归来的疲惫不堪，都不会让人就此断了再次旅行的念头。

　　旅行是会上瘾的，就算上一次的经历再怎么不堪回首，碰到下一次机会，依然会蠢蠢欲动，就像喝酒一样，哪怕醉得昏天黑地，吐得一塌糊涂，赌咒发誓再不沾酒，当再次碰到了满怀豪情的人，依然会举杯一饮而尽。这又好似一场不知结果的恋情，明知道是飞蛾扑火，也会奋不顾身。人不是都会使事情变得美好，有时候会在执意中让珍贵的东西脱手而去，使你懊恼心焦，痛惜不已。也许人生就是要这样不断地折腾，折腾的人生或许并不圆满，但却能够呈现生命的壮阔！

　　说到底，人生就是一次旅行，从起点始，到终点终！

谈吃

又说吃。

马斯洛把人类的需求分了五个层次，从低往高依次是：生理需求、安全需求、社交需求、尊重需求和自我实现需求。生理需求属于最低层次，吃又是属于生理需求中的最低层次。惭愧啊，人类文明都发展几千年了，可我还在这个最低层次的最低层次上打转，那真的是低到了尘埃里，可我想在这尘埃里开出花来。

你看，我们把工作的岗位叫"饭碗"，把工作的技能叫"吃饭的本事"，把工作用的工具叫"吃饭的家伙"。既然吃饭贯穿人生的始终，那我想多说几次也无妨吧！有人说了，现在谁都不缺饭吃，老说吃饭多没劲儿，说点有品位的不香吗？说到品味，你再看，品味品味，这品的不还是"味"儿吗？而且这"品"字一气用了三个"口"，可见，品味越高，用的嘴越多，品来品去，这说的还不是吃吗？

现在的吃饭，其意义早已经超越了充饥的范畴。这样讲，倒不是说现在世界上没有挨饿的人。确实还有很多地方的人吃不饱饭，但如果不是人为作祟，就目前的科技水平，让全世界的人都吃饱饭，已经不再是问题。简言之，现在还在挨饿的区域，那一定是人祸在作祟。当然，作祟的那些人是有饭吃的，而且往往吃得还不错。

单是为了充饥的吃饭，目的要单纯和直接很多，越是食不果腹的饭，吃得越纯粹，不过纯粹并不见得就一定是好的，就像上床的目的是睡觉，但纯粹为了睡觉而上床，那也没什么意思，上久了连床也会厌倦你的。

既然吃饭已经超越了单纯充饥的范畴，那把吃饭只放在生理需求的层次是不公平的。马斯洛竟然不知道，吃饭其实贯穿了人类的所有需求。你想，如果连饭都没得吃，那还有什么安全感？不仅要"深挖洞"，还得"广积粮"。再往上，不吃饭怎么社交？你连一次饭都不请我吃，还谈什么尊重？空口无凭，吃在肚里才妥帖。吃一顿别人吃不到的，那就是一种自我价值的实现啊！还有，如果我跟那某某某吃过饭，或者那某某某请我吃过饭，这更是一种自我价值的实现。我这么说，并不是诚心要跟马斯洛较劲，我是在跟自己较劲。其实，马斯洛并没有错。只是我这里要说的吃饭，跟马斯洛说的不是一回事儿。

我主要说吃饭这种行为的衍生意义。

小时候常被老人家考一道智力题："什么饭最好吃？"小孩子的答案五花八门，都是拣自己最喜欢吃的说。有说鸡肉的，有说鱼肉的，还有说唐僧肉的，怎么说来说去都离不开肉啊？尘归尘，土归土，从哪里来的要到哪里去，谁说我们从土里来？我们明明从肉中来，自然是要到肉中去！小孩子的回答当然都不对，要是那么简单还能叫智力题吗？正确答案是："饥饭最好吃！"意思是饥饿时候的饭最好吃。道理似乎很对，你让一个饥肠辘辘的人面对粗茶淡饭，和让一个酒足饭饱的人面对山珍海味，确实是饥饭更好吃。但这对山珍海味不公平，评判主体的状态不同，被评判者就没有可比性，为什么不让同样饿的人去面对粗茶淡饭和山珍海味呢？啧啧，你那么饿，有粗茶淡饭就不错了，还要山珍海味？你咋不要自行车呢？可见，很多事你不能较真。这只不过是老人家在小孩子面前寻找存在感的故弄玄虚。小孩子当然不服气，说我饿的时候那也是我喜欢吃的更好吃，老人家不屑地说，那是你没有真饿过！老人家此言一出，就算是能舌战群儒的诸葛孔明来了也说不分明，小孩觉得老人不讲理，老人觉得小孩不懂事，遂谁也不理谁，都无聊地走开去。简单的问题复杂化，我们从小就是被这样教化过来的，现在让我们简单，多难哪！

吃饭确实不简单，越是重要的饭，越不简单。把吃饭的场面和流程搞得越来越繁琐是现代文明的特征。在这一点上，东西方各擅胜场，就复杂程度而言，很难较量出孰高孰异。总体来说，西方人重在表面，讲究一丝不苟的繁文缛节，酒水和菜品都像是流水线上排好了队的虾兵蟹将，该谁出场乱不得方寸。中国人则重在内涵，表面显得随意很多，一桌子菜上来，虽然也讲究顺序，但没那么严谨。主客的功夫全在不动声色的言谈举止中，连最普通的一碗炸酱面也能吃得波诡云谲，更不要说是鸿门宴上的斗智斗勇。

一场重要的宴会，不仅宴会的主人要殚精竭虑地运筹帷幄，就是受邀的客人也要很花一番心思。光是穿什么样的衣服，就要反复考量，既不能隆重到喧宾夺主，又不能随便到无拘无束。如何做到恰如其分的得体，是要考验客人社交经验、美学品位和文化修养的，"黄帝尧舜垂衣裳而天下治，盖取诸乾坤"，衣冠之事，确实马虎不得！有规格的宴会上的餐桌礼仪，是要经过专门培训的，你可以不会政经文史，不会刀枪剑戟，但要是不会吃饭，那会被人耻笑的。单是餐具的摆放和切取食物的姿势，就有很多学问。在这一点上，中国的筷子占尽了优势，就那么一模一样的两个木棍，你左我右，你前我后，形影相伴，谁也离不得谁。倘若碰上冗长的宴席，筷子兄弟一个位置待久了，觉得索然无味，还可以换个姿势，你右我左，你后我前，亦无不可。

工欲善其事，必先利其器。吃饭工具上的不同，正是东西方饮食选择和饮食文化上的差异。西餐不管是多亲密的关系，都是分餐而食，刀叉汤匙也都是各司其职，谁管谁的事，职责分明。吃菜也要循规蹈矩，头盘、汤、副菜、主菜、甜品等都要按着顺序来，先吃什么后吃什么由不得自己做主，吃完一道，服务生撤走空盘下一道菜上场，你想在主菜之后还想和头盘纠缠不休绝无可能。我们依依不舍的总是舍我们而去的，不管有多留恋也留不住，回忆如水，佳期如梦，再怎么想也追不回来，就算穿上回头鞋也追不回来了。有时候甚至吃与不吃也由不得自己做主，一道菜上来，你可以分毫不动直接让服务生撤回，但你要是动了刀叉，就必须吃光啖尽，管你爱吃不爱吃，否则就是对厨师不尊重，对服务生不尊重，也对食物不尊重，看见盘子还留有食物，服务生是不会给你上下一道菜的。窃以为研究西方工业化和法治化的源头完全可以从餐桌上入手。

　　与西方分餐而食不同，中国人吃团餐。团餐讲究一团和气，讲究团结团圆，桌子是圆的，盘子是圆的，连就餐人的五官相貌都尽可能是圆的。上菜也讲顺序，但没那么刻板。凉热拼盘，山珍海味，水陆杂陈，次第上场，桌子摆满方显豪壮。客人也不需要左手叉右手刀的那么麻烦。有一双筷子在手，任你飞禽走兽生猛海鲜灵菇玉笋，无不在筷子的夹、点、戳、拨下丢盔弃甲俯首称臣。哪怕是一碗稀粥，只要有一双筷子，也可以吃得风生水起，粒米不剩。而且先吃什么后吃什么不仅能够自己做主，还可以翻来覆去地吃，冷热相间地吃，荤素搭配地吃。可以吃着碗里看着盘里，主攻当前，兼顾左右，燕瘦鹅肥，雨露均沾，讲究眼前红旗不倒，周围彩旗飘飘。这样看来，从饮食上窥见中国男女关系，倒不失为一个值得研究的社会课题。至于吃或是不吃，筷子就那里，爱吃的就风卷残云，不爱的则浅尝辄止。完全可以手随心到，心随口到，口随胃到。这样的吃饭，随心所欲地吃下去，再有分歧的人都不怕你不团结，连八块腹肌那么有个性都能给你吃得团结到一块儿去。更何况，人心都是肉长的，何愁不团结，一餐不能团结，那就再来一餐。难怪早就有人对中国的饮食赞不绝口，说吃中国菜，住西洋房子，娶日本女人，则人生无憾！吃中国菜，吃的是这种无拘无束的自在。

　　但不管吃得多自在，你的筷子最好不要伸进别人的碗里。当然，如果已经可以把筷子随时伸进对方碗里，那一定是彼此的关系已经亲密到了一定程度，那又是另外一回事儿。

酒，喝酒

　　一位让我高山仰止的文坛巨匠说过："人生不沾艺术等如虚度！"我以为贴切，于是在一次聚会中欣欣然曰："人生不沾酒色流于无趣。"在座者六七人，闻之皆为此语鼓而呼。俄尔，一位久未谋面的美女姗姗而至，风尘仆仆而显得形容枯槁，问："何以憔悴如斯？"答："一月未沾酒耶！"问的抑或无意，答的暗合机锋，如此一问一答，妙趣横生，令在座者捧腹喷饭，为之绝倒。酒还没到，酒香已经扑鼻而来，有了这样的开场，何愁聚会不尽兴！当晚，欢愉之情不可名状，自然尽兴而归。

　　我一直认为酒不是人类的发明，酒是神物，是上天赐予人间的妙品。谁也说不清楚酒究竟是谁发明的，好像从有了人类文字记载就有了酒，古今中外，对酒的起源和考据众说纷纭，但无一能使人信服。中国夏禹时代出了两个造酒的名人，一个是仪狄，一个是杜康，后人因其名而立其尊，把他们作为酒的创始人，其实大谬。《战国策》中说："昔者，帝女令仪狄作酒而美，进之禹，禹饮而甘之，曰：'后世必有饮酒而亡国者。'遂疏仪狄而绝旨酒。"这里只是说仪狄造的酒好喝，禹为贤君拒绝妙品而疏远仪狄，并不能说明仪狄是酒的创始者，却恰好反证了在仪狄之前已经有酒。至于杜康，许慎在《说文解字》中解释"酒"字的条目中有"杜康作秫酒"，后人以此为据，加上曹孟德"何以解忧，唯有杜康"的诗句，以讹传讹，把杜康认作了造酒的老祖宗，认老祖宗可以，但与创始人相去甚远。到了宋代，窦苹写了一部《酒谱》，费心考证了酒的来源，可考证来考证去，最后说"皆不足以考据，而多其赘说也"，终而不甚了了。可见，好的东西都是无心而为并不留痕迹的，如四时成岁，如日月流年，如酒！

　　可是再好的东西，爱之过则成祸。夏禹真不愧是先贤，他说"后世必有饮酒而亡国者"，没想到一语成谶，他自己的后世夏桀果然就把夏朝给喝丢了。夏桀因酒亡国，取代夏朝的是商朝，想不到商朝最后一个帝王商纣王比夏桀更好酒，也好色，干脆造了一座酒池天天喝，还让众多美女脱光了衣服在酒池周围陪他喝，在酒池肉林中商朝也给喝丢了。酒的危害这么大，自然要禁酒，就有了许多禁酒的故事。蜀先主时，天旱禁酒，官吏从百姓家里搜出了酿酒的器具，将藏有酿酒器具的人抓起来，打算和私自酿酒者处以相同的惩罚，正好被和刘备逛街的简雍看到了。简雍指着路边的男女对刘备说："这对男女打算行淫，把他们也抓起来吧！"刘备说："你怎么知道他们会行淫？"简雍说："他们各自都带了行淫的工具呀，这和藏了酿酒器具的人是一样的，所以我知道！"刘备大笑，遂放了藏酿酒器具的人。一桩因禁酒而产生的牢狱之灾被聪明的简雍巧妙地化解了，想来简雍也可能是个好酒之人！

　　酒虽然有诸多坏处，但好处也多，因酒闻名的人就更多了。

　　魏晋时期居竹林七贤之首的大才子嵇康不仅《广陵散》弹得好，更是以饮酒闻名，嵇康不仅爱喝酒，还常常喝醉。但嵇康是美男子，连喝醉了也好看。《世说新语》里说："嵇康身长七尺八寸，风姿特秀。山公曰：'嵇叔夜之为人也，岩岩若孤松之独立；其醉也，傀俄若玉山之将倾。'"试想，若非"临川献清酤"，如何"但当体七弦"？酒因琴而甘醇清冽，琴因酒而绕梁不绝，嵇康终而以琴酒冠绝天下。晚唐诗人李群玉诗云："白鹤高飞不逐群，嵇康琴酒鲍照文。此身未有栖归处，天下人间一片云。"李群玉自视甚高，这首诗以嵇康自比，却很恰当地映射出了嵇康的孤傲和才情。后人将其诗断章取义，撰联曰："谢朓篇章韩信钺，嵇康琴酒鲍照文。"巧妙地列出了将琴、酒、文章、兵器玩到极致的四个极品男人，让所有的后来者高山仰止。与嵇康齐名的还有晋朝大名士刘伶。刘伶是一个天生的酒鬼，他自己说"天生刘伶，以酒为名。一饮一石，五斗解酲"。看来要让他清醒须先置五斗酒。以此为由，他把老婆买来在神前发誓戒酒的五斗酒也理所当然地喝掉了。喝到最后，他连骑马赶路也喝酒，为了不至于醉死郊野无人埋，叫一人扛把锹跟在后面，让其"死便埋我"。

以喝酒闻名者多，以喝酒闻名的文人尤其多。就我所知道的古今文人中，几乎没有不喝酒的。宋词豪放派的代表人物辛弃疾词章豪放喝酒也豪放："我醉如何？只疑松动要来扶，以手推松曰：去！"若不是身临其境，哪能描绘得如此形象！稼轩因为长年嗜酒，喝得咽如焦釜，气似奔雷，于是决定戒酒，这一日就把酒杯叫至跟前说："杯汝米前，老子今朝，点检形骸。甚长年抱渴，咽如焦釜；丁今喜睡，气似奔雷。汝说刘伶，古今达者，醉后何妨死便埋。浑如此，叹汝于知己，真少恩哉！ 更凭歌舞为媒。算合作、人间鸩毒猜。况怨无大小，生于所爱；物无美恶，过则为灾。与汝成言，勿留亟退，吾力犹能肆汝杯。杯再拜，道麾之即去，招亦须来。"老先生真是有意思，自己馋酒，倒怪罪酒杯，真是无赖得让人忍俊不禁。装模作样地点检了许多喝酒的"恶行"之后，老先生让酒杯"勿留亟退"，临末却又说"麾之即去，招亦须来"，还是舍不下那一口，有趣得让人恨不相逢！

近代文人中也不乏这样的性情中人，最有意思的就是汪曾祺。汪老爱喝酒是出了名的。作家野莽是汪老的忘年交，和他谈及汪老，说每次文联开会，许多年轻作家仰慕汪老，一起开会的机会难得，会余就去汪老的房间交流学习写作心得。汪老随和善饮，一边喝酒一边聊天，年轻作家来一拨，醉一拨，走一拨，再来一拨，可汪老还是精神矍铄，谈笑自如。南翔老师也谈起过汪老喝酒的趣事，说还在学生时代，汪的授业恩师沈从文有一天上街，看见马路边躺着一个醉汉很眼熟，像是自己的学生汪曾祺。近前一看，不是汪曾祺是谁！已醉得不省人事。沈从文文辞浩荡，但却手不能缚鸡，哪有力气背得动他，只好从小店借了一辆拉煤板车把他推了回去。试想一下，沈从文推着汪曾祺走在老北京的胡同里，那该是怎样的一种场景！这样的师徒，真是秉承了魏晋遗风，让人神往，此情此景就算是嵇康、阮籍看到了，也会拍案叫绝。

这种亦师亦友的关系是可遇而不可求的，这个世上有战友、棋友、雀友，甚至还有病友，但最容易得到的一种朋友就是酒友。酒友因其得来容易，相处起来就格外地轻松愉悦，没有负担。也因其得来容易，酒友总是来得快去得也快，但长年累月沉淀下来的那几个，就成了知己，如百年老窖般醇香厚重。

平心而论，我的朋友大多好酒，有德之人宜做师长，有趣之人宜做挚友，现今，有德之人不少，有趣之人不多，我对过于正派之人向来敬而远之，我怕在醉眼蒙眬后看到他们过于伟岸正派的表象下面投射出来的阴影，从而怀疑人生。故此，我的朋友中多为狎浪谐谑的有趣之人，或许并无稼轩之才，却都兼怀优游之趣，和这样的朋友在一起喝酒，总是让人得于意而忘于形，人生的呆板枯燥在觥筹交错中就有了许多新意。平时不能说和不敢说的话，喝完酒后可以畅所欲言，平时呆板木讷的一个人，几杯下肚竟然可以妙语连珠。贾平凹说这个世界上有两种话让人不能拒绝，一种是恭维话，一种是醉话。我一介书生，名无官长头衔，身无金银长物，恭维话是听不到了，但醉话却听了不少。我相信酒后吐真言，酒是人间的妙品，会把包裹在心上的茧溶掉，从而显现真我。要了解一个男人，一定要让他喝醉一次。现在的女生找男朋友把烟酒不沾的男人视为上品，殆矣！那种男人最多只能作为展览品。试想一下，睡在你身边的竟然是一个从来不会喝醉的男人，那将是多么可怕？

凡物都有两面性，酒尤为甚！但能够把优点和缺点都发挥得如此淋漓尽致的，舍酒其谁？天使和魔鬼都不是人的创造，酒也不是。毫无疑问，酒会误事，误民，误国，甚至会误美人。酒虽有诸病，但正如李敖说——如果喝得好、喝得少、喝得巧，到底是一个不会出卖你的朋友。

色，阅色

文字是我的玫瑰，那是因为那朵艳丽的花，开在生命的泉上！

许多人看了《春疟》之后，见了面，总是抿着嘴唇发出一个轻笑，末了问一句：义在写什么呀？揶揄的语调里有一种浓得化不开的氤氲芳馥，更有一个千里之外的朋友发来一个暧昧得让人心颤的信息，一共五个字："昨夜做梦了！"这些带着嘻讽的调侃如同中医扎在穴位上的针，刺得有点痛，痛得刚刚好，有一种很受用的麻醉感。我知道，文字是我的玫瑰，那是因为那朵艳丽的花，开在生命的泉上！

我还能写什么呢？春花秋月冬雪夏草前人写得太多了，若不能超越则流于媚俗。况且于人而言，这些都是自然方物，只是传情达意的寄托品和附庸物，那不是我的兴趣所在。"寡人有疾，寡人好色！"对男人来说，世界上没有比女人更艳丽的花，反之亦然。若好色是一种疾，有疾者众，男女大同。于是，作《色，阅色》，以正视听。也给读完《酒，喝酒》而意犹未尽的朋友们一个继续关注我的理由。

孔子在《礼记》里讲："饮食男女，人之大欲存焉！"苏青把这句话改为："饮食男，女人之大欲存焉！"苏青是和张爱玲齐名的民国才女，才情俱妙，连圣人的话也能随手拎出新意来，真正是：不著一字，尽得风流！

不管是教化世人的老夫子还是倾城倾心的小女子，都明确无误地说出了一个不争的事实：吃和性是人的本能。前者是为了让自己活着，后者是为了让自己更加满怀激情地活着。海明威在步入花甲之年发现自己失去了性功能，毅然将双管猎枪伸进了自己嘴里，打碎了一颗全世界最有思想的脑袋。李敖的一句粗话说得很形象：小脑袋已经没用了，要大脑袋做什么？和海明威一样表现决绝的还有法国短篇小说之父莫泊桑，在精液枯竭的时候，他用一把裁纸刀划开了自己的颈动脉，让喷薄的热血绽放出了酥胸红唇般的艳丽。这些男人，都是为了色可以不要命的人！

可见，尤物足可移人！好色者众，好色而能阅色者，几希。陈泽之前是李敖，李敖之前是李渔。

李渔是第一个将如何阅色理论化和系统化的中国文人。他分别从选姿、修容、治服、习技四个方面教女人如何才能让男人丢魂失魄，从而一顾倾城，再顾倾国。他认为女人要夺人心魄，首重媚态，"媚态之在人身，犹火之有烟，灯之有光，珠贝金银之有宝色"。李渔说得对，故而几百年来，媚态成为女人追求的根本，但媚态非有形之物，纵有巧器妙手而不能整，有金银珠玉而不能易，奥妙全在个人的悟性。媚态获之不难，难在如何把握分寸，过之则风骚有余而韵味不足，慎之则端庄有余而情趣不足。媚态把握分寸亦不难，难在因人而异，故而无可效仿。西子腹痛而行于道，路人叹其为美，东施捧腹蹙眉而效其态，为天下笑！人世间有风情万种，女人一定要找到适合自己的那一种。说媚态是一种仪态，一种气质，都有点关联，但都不尽然。李渔在《肉蒲团》中写未央生在庙里见到三个进香的女子时说："那三个妇人皆是一般家数，若论姿色都有十二分，只是风流二字不十分在行。"这里讲的风流应该是对媚态最接近的一种解读。窃以为若能将风骚、风情、风流融会贯通，应用得当，则世间男子都可拜为裙下之臣。天下美女如云，姿色佼佼者不可胜数，但千古存名者：西子、文君、玉环、飞燕而已，她们都找到了自己的态。

文化狂人李敖和李渔是同宗，同样好色，但风格迥异。李渔重理论，李敖重实践。他自称中国的白话文 500 年内，从第一名到第三名依次排下来是：李敖！李敖！李敖！狂狷得有点过了头，但这也正是他的真性情。文章是不是第一还有待商榷，但李敖的风流却绝对可以在中国文人中列为翘楚。很难有人能够像他那样在追逐女色上义无反顾，更难有人像他那样把追逐女色说得那么坦然自若。他为马英九惋惜，长得这么帅应该去阅遍台湾美色，干吗费劲去搞什么竞选呢？真是浪费。

现在是个消费男色的时代。从上个世纪 90 年代开始，世界影坛的一线明星，男人占了三分之二还要多，自克林顿始，美国近 20 年的总统也是一届比一届帅气和年轻。据说奥巴马的当选，美国女性选民功不可没。在阅色方面，女人丝毫不比男人逊色。张爱玲在《色戒》中说："通往男人心里的路是胃，通往女人心里的路是她的阴道！"张爱玲也是性情中人，想到什么说什么。但最早说出这句话的并不是张爱玲，应该是辜鸿铭，其实也不是辜鸿铭，是英国剧作之父莎士比亚。是辜鸿铭读莎翁剧作的时候第一个用汉语说出了这句话。但张爱玲作为一个女作家，在那个时代能够引用这样的话，勇气可嘉。据说这篇万余字的短篇，张爱玲前后用了三十年才完成。又三十年，历史的沉沙再起，《色戒》被李安搬上了银幕，一时影坛轰动。

这些情色之作一红再红，周而复始，为那些"文以载道"者不齿。不齿也没有用，有哪个女人不喜欢洗热水澡呢？况且那些以"文以载道"自诩的人，往往都是说了不做，为完成教化别人的使命说些空话而已。董桥说多读维多利亚时期的英文色情书可以冲淡心中的使命感，也可以清洗笔下的学究气。学究天人的钱锺书所以能够自出机杼，成一家风骨，想来可能得益于此。钱锺书对英文书的博览，在学界享有盛名，还是在清华读书的时候，曹禺对吴组缃说："钱锺书在那里，还不赶紧叫他给你开几本英文色情书？"当时清华图书馆藏书很多，中文洋文均有，但许多同学都摸不到门。吴组缃听罢，果然请钱给自己开录三本英文色情书。钱锺书也不推辞，随手拿过桌上一张纸，飞快地写满正反两面。吴组缃接过一看，竟记录了四十几本英文淫书的名字，还包括作者姓名与内容特征，不禁叹服。

名士风流，民国的那一辈人已经走远了，但他们留下的人文情怀至今依然让人扼腕低徊。中国二十世纪二三十年代真是思想和学术大放光芒的黄金时代，大师辈出。这些中国近代人文精神的大师道座，不管操文还是习政，都率真得可爱。也是在民国，有一次胡适之的朋友们在胡家里聚餐，徐志摩像旋风似的冲了进来，抱着一本精装的厚厚的大书，是德文的色情书，图文并茂，大家争着看。胡适之说："这种东西，包括改七芗、仇十洲的画在内，都一览无遗，不够趣味。我看过一张画，不记得是谁的手笔，一张床，垂下了芙蓉帐，地上一双男鞋，一双红绣鞋，床前一只猫蹲着抬头看帐钩。还算有一点含蓄。"摇晃的帐钩，专注的猫，中国文人的手笔，就是这么传神！君子不仅好色，还要好得有情有致，那就有了格调。

"寡人有疾，寡人好色。"我还坐在这里写什么呢？春夜苦短，怎么可以浪费！孔老夫子穷尽一生著文立说，推行仁德教化世人，最后无可奈何地说："吾未见好德如好色者也！"峰回路转，兜了一个大圈，老夫子总算看到了真理。"朝闻道，夕死可矣！"夫子可以安息了！

钱，说钱

　　谁都不能够理直气壮地说他不爱钱，因为没有钱谁都会活得不自在。谁也不能够坦然自若地说他很爱钱，因为钱是俗物，凡是被中国四书五经熏陶过甚的人都羞于谈钱。不谈归不谈，但爱还是爱的，就像性一样！以画虾著称的齐白石老人在自己的画上题诗："儿时乐事老堪夸，衰老耻知煤米价。"这齐老头儿，现在的手迹仅斗方即逾万金而不止，当时却死心塌地地潦倒着。造化弄人，总有一种不合情理的颠倒世事，任谁也看不分明。《幼学琼林》里说："命之修短有数，人之富贵在天。唯君子安贫，达人知命。"白石老人绝对有君子和达人的修为，所以他才能够以知煤米价为耻。

　　你可以不知煤米价，但你不可以没钱。几天前给一个朋友打电话，响了许久没有人接。接通了那边却还在和另一个人说着话。朋友是多年的老朋友，关系已经熟得狗皮褥子没了反正。但虽然同住在一座城里，见面的次数却一年比一年少。那边的讲话终于结束。我说你真是忙啊！朋友的抱怨声就来了："忙啊，忙得连上厕所都顾不上！"我说那你忙什么呢？听筒的那边顿了一下："忙什么？忙着挣钱呗，还能忙什么呀？"我说你挣了钱干啥呀？朋友说："花呀！"我说钱花了之后呢？那边说："再挣呗！"是的，和朋友的一番对话说出了生活的真谛。我们挣钱，花钱，再挣钱。生活就在这样的纷纷扰扰中往前走。每天站在镜子前看不见自己的变化，忽然有一天碰见一个多年没见的熟人，在彼此的讶然中却从对方的脸上看到了自己的沧桑。都说女人到了三十岁，日子就过得一日比一日惶恐，不仅要和男人做斗争，还要和比自己年轻的女人做斗争，更要命的是要和时间做斗争。其实男人也一样，四十岁真是一个让人惶恐的年龄。前面更成熟、更稳重的那一座大山还没有越过去，后面许多更年轻、更有活力的生力军已铆着劲儿要冲上来。这个时候，你有了妻子、儿子和腆起的肚子，却还没有房子、车子、位子和最要命的银子，叫你如何不惶恐！

可再惶恐，日子还是要过。过日子就得挣钱。开始挣钱了却在怀念读书时不挣钱的日子。

那时候穷得完全没有压力。因为环视周围，大家都身无长物，谁也不比谁富有。没有参照，对物质欲望就如同看荧光屏上的性感明星，幻想总是落不到实处。也曾无数次地想过自己挣钱后的日子，可感觉读书的日子长得过也过不完。终于可以自食其力的时候，却发现，日子比不挣钱的时候还要长，到了月底尤其长。张爱玲把这种小市民的局促当作一种小资产阶级的苦乐来享受。觉得买一件器物需要再三地考虑，考虑的过程，于痛苦中也有喜悦。钱太多了，就用不着考虑；完全没有钱，也不用考虑。唯有在这种拘拘束束的斟酌中，才会有一种人世的温暖和真实。张爱玲这种喜欢钱的态度让我欣赏，因为她总是一心一意地享受着钱带来的好处，而并不是喜欢钱本身。

但中国人有存钱的传统。南朝梁武帝萧衍文韬武略在当时的帝王中堪称翘楚，可他生性爱钱，百万一聚，挂以黄榜，千万一库，挂以紫标。后人以黄榜紫标作为封闭钱库的标记。可这么有钱的人，居然在侯景之乱中饿死在台城，真是讽刺。和他一样爱钱的还有晋朝的和峤，富贵堪比王侯，可生性吝啬，一文也不枉费，杜预称他为钱愚。不论是萧衍封库，还是和峤钱愚，他们对钱的偏爱已经超出了常规。其实，认得中国字的人都知道，把"钱"字的"金"看成了"贝"，则成了"贱"字，这个时候，人就显得太卑微！

与和峤萧衍相反的，是西晋名士王衍。王衍与萧衍名相如而实不相如。王衍才华横溢，容貌俊雅，聪明敏锐犹如神人。更为人称道的是他对钱财的淡漠，甚至绝口不提钱字。他贪婪的老婆为了试他，在床的周围堆满了钱。王衍看到，叫侍女赶快拿走这些"阿堵物"。从此"阿堵物"为文人所鄙。

文人古来清贫，所以有"诗至穷而后工"之说。认为作文是要耐得住寂寞的苦事，处在富贵温柔乡中很难有清雅脱俗之作问世。曹雪芹"举家食粥酒常赊"，才有了鸿篇巨著《红楼梦》。可曹雪芹在写《红楼梦》之前却一直处在富贵温柔乡中。中国的文人往往把清贫作为完善人格的一种风骨，从而羞于谈钱，反而把贫和病弄得很风雅。"文不值一文，奈何以文养文"这是一种潦倒后的病态情趣，有时造作得很。凡事都有两面性，很多处在庙堂之高或望族之门的文人，其文字却更显得清嘉流丽，气象开阔，有一种从容不迫的明姿雅度。民国时期古文字学家于省吾说："在读书人中，我是有钱的，在有钱人中，我是有学问的。"我喜欢这种坦然面对钱财和学术的态度。

当下，已经没有了纯粹意义上的无产者。人们对钱的追求明朗而坦然，这是一种进步。资本的力量在推动世界文明的进程中，甚至比科技更有影响力，文化其实是依附在经济实体上的一件华丽的外衣。"皮之不存，毛将焉附？"与文人轻鄙钱财的一样，商人大多也轻鄙文化。就文明的发展阶段来看，追求温饱是一个层次，提升品质又是一个层次。钱锺书说，精神的快乐才是终极快乐。时代到了今天，我们确实需要一件华丽的外衣。

同士子有别，中国的民间对钱财的态度则豁达得多。小时候听人讲故事：有五个人渡船，士农工商俱全，外加一女子。但渡船里只有一个座位，就大家比口才，赢的得坐。商人先说："无木也是才，有木也是材，去了木，加上贝，是钱财的财，钱财人人爱，我先坐下来。"轮到女子，女子道："无木也是乔，有木也是桥，去了木，加上女，是娇娘的娇，娇娘人人爱，我先坐下来。"最后却是那务农人得胜。农人说的是："无女也是良，有女也是娘，去了女，加上米，是粮食的粮，粮食人人爱，我先坐下来。"这里除了对追求财色的豁达和坦然外，还有一种民间的沾沾自喜和斗智逞能的可爱。

《笑林广记》中说：有一个女子闺中待嫁，张王两家同时托了媒人求亲。张家清贫但儿子俊美，王家富有但儿子貌丑。父母问女儿选哪一家，女儿说，张家儿子俊美，我夜里到张家睡觉，王家富有，我白天到王家吃饭。这种毫不掩饰的诚实与憨态让人笑过之后竟也能够直指人心。

人人都有求全之心，而世事并不能两全其美。我们不能在这种求全的心态下自寻烦恼。于是就有了民间豁达的自我调侃："等咱有了钱，喝豆浆吃油条，想蘸白糖蘸白糖，想蘸红糖蘸红糖。豆浆买两碗，喝一碗，倒一碗！"此句式以口语连篇，顿挫间颇具音韵，完全是晋人风味！谁说中国人不懂幽默？这种玩世的嘲讽和世俗的质朴，将人世的辛酸和无奈解析得意趣无穷，让我不能不由衷地感叹群众的心胸开阔和充满智慧，常常为此玩味不止，我就是这么一个俗人。

据说美国人竞选总统最忌讳的就是竞选者的桃色新闻，说是如果你连自己的妻子都不忠实，你还会忠实你的国民吗？法国人交朋友是不喜欢交具有冒险精神的人，说是你连自己的生命都不珍惜，你还会珍惜友情吗？在时下的中国，如果你连钱都不爱，你还会爱什么呢？

恭喜发财！

说话

是人总是要说话的。

这话说得也不完全对，聋哑人就不说话。今时今日，我用这样的话起头，容易被扣上不尊重聋哑人士的帽子。好在我说的都是闲话，说出的话也不是金口玉言，不用担心被身边的朋友随时录下来落人口实。说错了，最多被人骂："你说的这是啥话呀？不会说话就把话放下，让会说的人说。"不说就不说，话就在那里，谁能说谁说去。老话说："口锐者，天钝之，目空者，鬼障之。"人要是被口围住了，那就是囚，会招来祸事的。

祸从口出。人生在世，可以胡吃胡喝，但不能胡说。老家城北有一座文昌祠。在主神文昌帝君的两侧，塑有"天聋地哑"的门童。左边一个石刻的门童掩着嘴，右边一个石刻的门童捂着耳。这是古训，意思是不该听的不要听，不该说的不要说。文昌帝君是专管文人的神，他的训示谁敢不听，就连圣人孔老夫子也概莫能外。一部《春秋》洋洋洒洒一万六千多言，莫不择其善者而从之。尤其对鲁国的事，不该说的绝不说。但《春秋》是史书，有些实在避不开的，老夫子就委婉地说，说的与真相相差十万八千里。但这不能怪他，就算有谎言也是善意的谎言，因为他要"为尊者讳，为亲者讳，为贤者讳"。历史永远是现实的拐杖，现实才是行走着的双脚。夫子要到处去讲学，说了人家的坏话谁还请他去？这就给中国的文人做了榜样，告诫大家能不说的就不说，能含糊其词的就含糊其词着说。也有几个不听话顶嘴的，下场都比较惨！

但祸事归祸事，我们不能因噎废食，也不能因祸废口吧！人生了一副口舌，除了吃喝，聚在一堆，不说话怎么行？话放在那里，不说出来那也不像话呀！没说出来的话，最多算是腹语，翻来覆去地窝在心里，时间长了五脏六腑也会憋出病来。让一个能说话的人不说话比让他不吃饭更难，至少他在吃饭前要先开口说句话吧！和尚修行面壁的时候可能不说话。相传达摩祖师在嵩山少林寺曾面壁九年没有说话。但修行要念经的，那等于跟佛说话，跟佛说话没有风险，可一般的凡人做不到。凡人还是得说话，不会说也得学着说。那就先从说废话开始，因为废话风险最小。有客登门造访，开门第一句话是："你在家啊？""在家！"我当然在家，我不在家谁给你开门？这是一句最常用的废话，而且还要一问一答，但问的人和应的人都不认为是一句废话。有了这句废话，好比写文章开头的引子，没有它后面的千言万语出不来。

废话可说，少说为宜。就算再慎言之人，也会不由自主地说几句废话，实在不说，你就问他："你在家啊？"或者问："你吃了吗？"不管他答应吃了还是没吃，你都不再接话或者顾左右而言他，那他就算说了一句废话。孔夫子一直强调"君子慎言"，可他自己却不停地说。不仅他说，还徒子徒孙无穷无尽地说。说得一个王朝灭亡了，又一个王朝灭亡了，还在说。废话既然不能杜绝，那就尽可能少说。

有一种废话必须说而且可以多说，那就是谈恋爱时说的话。两情相悦时的情人喁喁私语，说者不厌，听者不烦。就那一个意思翻来覆去地说不完，待到无声时，那是两个嘴说到了一处，一个舌头能说话，两个舌在一起了，说出的话已不是话。就谈恋爱这件事来说，有时候不说点废话是会惹祸的。说是有一个口舌木讷的男子去相亲，没说两句就没话了，就去拉对方的手。结果姑娘不愿意，还告到了男子单位。单位领导开会就说话了：我们十分痛心地看到，当前仍有一些男青年，受到了社会不良风气的影响，刚开始与异性交往就提出非分的要求，希望进行身体接触。这无疑十分错误，也与我们中国传统美德相违背。据我所知，古人还曾发明了一个成语，来批评教育这种男青年——操之过急。

玩月记事

说话，确是一门艺术。写文章如同说话，但说话却不同于写文章。写文章可以先酝酿，打腹稿，分层次。写得不好还可以涂掉重来。拿给人看的都是成稿。谁也看不见你的抓耳挠腮状，翻江倒海心。说话都是脱口而出。说出去的话泼出去的水，听你说话的人不会让你收回去重新再说，就算是重新说过，说的已没有了畅所欲言的兴致，听的也没了跌宕起伏的期待。更没有时间留给你反复斟酌词句，等你捻断胡须，大家已意兴阑珊，了无兴趣。

　　大凡聚会，若没有一个能说话的人，绝对不行；若全是能说话的人，也不行。我的一个朋友，不管有多少人聚会，他一开口，别人休想插话。天上地下，声情并茂，说得蚊子都张不开嘴。但这样自顾自地往前跑，跑着跑着就回不来了，也会让听众索然寡味。这样的人能说话，但真正会说话的人总能照顾到全场，给别人说话的机会，从一个话题转移到另一个话题，能从中东危机说到黛玉葬花，起承转合得毫无痕迹。这样的说话会让宾主尽欢，各取所益。

　　最怕开会时领导说话。说我只讲三点，谁知道大三点里埋伏了小三点，小三点里又引出小小三点。看似风平浪静，其实点豆成兵，伏军千万。碰到这种情形，听众除了缴械投降，那还能怎样？那是一种连挣扎也不想挣扎的沉沦。

散心

也不知道为什么，现在的人竟有这么多烦心事，总是排解不出，需要在日常行立坐卧的空间之外寻找一个出口。

于是，我们说要放下一切琐事，跑到一个陌生或是熟悉的地方去，去散心。

似乎从这个门里一出去，烦恼就被搁置在了钢筋水泥围成的盒子里，身心都可以沉浸在群山碧水的怀抱中，换得一时的自由自在。

人在世俗中，案牍劳形，事务劳心，能在山水间放松一下，固然是好的。但如果心里放不下，就是到了蓬莱仙境，也一样心绪不宁。我的一个亲戚，辛苦操劳了半辈子。年轻时候忙自己的事，然后忙孩子的事，现在年过半百，终于儿女都料理安妥了，可家里四亲八友，总有杯盘碗盏的磕磕碰碰，各种不尽意，就想出去走走，想在外面的世界里透口气。终于定了行程，舟车劳顿，好不容易到了目的地，可一个又一个的电话，把所有的计划都打乱了。先是有一单生意上门，限定几月几日要回去才能接洽。亲戚就盘算若能接洽成功有多少赚头。后来又是同族晚辈结婚宴请，再后来又有一笔债务限定时日要回去偿还。如此等等，不一而足。搞得夫妻二人焦躁不安。回也不好，不回也不好，一时犹豫不决，左右难断。想散的心事没有散去，却又平添了许多烦恼，出来散心的初衷，早已丢到爪洼国去了。犹豫再三，最后二人还是决定提前回去。没想到，回去的日程一定，反倒踏踏实实心无旁骛地玩了几天。等待处理的事儿还在那里，心定了，之前的焦虑也就随之烟消云散。其实，之前出行还是没有把心放下，人走了，心还在那儿。出去散心，却没有带着心一起行走，灵魂跟不上脚步，身在曹营心在汉，如何能得到想要的自由和自在！

我也经常被世事困顿，免不了要出去走一走，想让空蒙的山色和潋滟的湖光消除心中块垒，可每每失望。可能是和我一样抱着这种想法的人太多了，大家都把日常中积累的戾气和焦躁带到了湖光山色间。你放眼望去，山也不是想见的山，水也不是想见的水，满目都是你想避开的人，你本来想避开人去享受一下清静，没想到别人也想避开你，竟不约而同地又囤聚在一处，彼此看山不是山，看水不是水，真是百闻不如一见，一见不想再见。可惜了这好山好水，何其无辜。这是多么吊诡的世事，像是老天跟我们开的又一个玩笑。

　　即便是真的到了一个人迹罕至的清净之地，看到遥远的青山有延绵的轮廓，盛开的花朵有柔润的色泽，婆娑的树荫下有习习凉风，宁静的湖泊中有美丽的倒影，向阳的山脊上有阵阵松涛。如果此时内心琐事纷扰，想到有各类贷款未还，有孩子上学未定，有恋人分道未果，心绪怎么还能平静如高山湖水？不是风景不美，是你的心绪太煞风景。"良辰美景奈何天，赏心乐事谁家院？"跟你全无关系。

　　怀着心事去散心，其实是对现实世界的逃避。这跟用抽烟喝酒来排遣焦虑是一样的。抽刀断水水更流，举杯消愁愁更愁。说到底，内心的自在与喜乐，是一种精神上的自由。赏心才能悦目，外部环境的清幽与眼目所见美景可以悦目但不能悦心。崔莺莺十里长亭摆宴送张生，吃到嘴里的山珍海味也只是土气息，泥滋味。心中有挂碍，就算是用无根之水煮茶，有心之人捧杯，也一样地意绪波翻。如花美眷，似水流年，就连以槛外人自居的妙玉，住在栊翠庵里亦依然幽怨"王孙公子叹无缘"。何况我们这些庸庸碌碌的槛内人！

　　只有心无挂碍地游乐才能真正寄情于山水。明人张岱《湖心亭看雪》中写："崇祯五年十二月，余住西湖。大雪三日，湖中人鸟声俱绝。是日更定矣，余拏一小舟，拥毳衣炉火，独往湖心亭看雪。雾凇沆砀，天与云与山与水，上下一白。湖上影子，惟长堤一痕、湖心亭一点，与余舟一芥、舟中人两三粒而已。到亭上，有两人铺毡对坐，一童子烧酒炉正沸。见余，大喜曰：'湖中焉得更有此人！'拉余同饮。余强饮三大白而别。问其姓氏，是金陵人，客此。及下船，舟子喃喃曰：'莫说相公痴，更有痴似相公者！'"唯此，才有了散心的真意思！

内心安宁，就是处在熙熙攘攘的闹市，看楼也可作山，看车流也可作河，也一样心旷神怡。何必还要舟车劳顿跋山涉水地出去散心？

理发

　　理发绝对是一件头等大事。

　　人身上毛发多，但必须理的还是头发。人食五谷杂粮，从孩提始，直至及笄弱冠，该长的都长全了，就停止再长。唯有头发不受限制，无所顾忌地继续长下去。你若不理它，它虽然不会学旧时受冷落的姨太太一样，扯上二尺白绫说："你不理我，你不理我我死给你看！"头发不会死给你看，它长给你看，如果不理很快就会长得像路边流浪汉一样长发及腰，那时可如何是好？这丛烦恼丝，你不理它行吗？

　　头发所以受关注，还有一个原因就是它长在头上。位置决定了尊卑。就像同一块瓷砖，贴在厕所，就只能跟排泄物同流合污；贴在厨房，则有了美味珍馐相伴。看一个人，如果没有特别出格的爱好，往往都是从头看起。《金瓶梅》里说吴月娘见了潘金莲"从头看到脚，风流往下跑；从脚看到头，风流往上流"。可见，无论多么风流媚惑的人物，如果看不到头，再漂亮那也全是白费，跟一堆碳水化合物没什么区别。因此，头发这东西，你必须得理！

　　追溯"理发"的起源和发展，其实没什么意思，一不小心就流落到考证类文章的流弊里，烦人得很。但既然说理发，又不得不从头说起。为了免除流弊，我们姑且望文生义。就理发的字面意思看，最初应该没有剪发和剃发的意思，因为这是中国的古训"身体发肤，受之父母，不敢毁伤，孝之始也"。若是夫子这条垂训真的被迂腐听话的孝子贤孙们不折不扣地从一而终，单是想想都觉得可怕。男男女女从小到大，从老到死都不剪发。那会是怎样一种惊世骇俗的景象？要么长发曳地当拖布，要么每人头上一个牛屎堆，脏一定是够脏的了，问题是那该有多累人呀！这样推理一下，以前说的理发其实就是把头发整理好。但这团烦恼丝剪不断理还乱，若不剪不剃想把头发整理好还真的很难，真是大难临头。

但不管怎么难，头发还是这样被一路理下来了。到了清兵入关，顺治皇帝为了威覆天下，下了剃发令："留发不留头，留头不留发。"那才是真正的大难临头。理发第一次被上升到了政治高度，事关生死。一时率土之滨，所有的中国人都剃光了两鬓和前额的头发，明目张胆地跟夫子作对，做了不孝子。只在脑后留起了一根尾巴一样的辫子。三百年后，民国革了清廷的命，终于把辫子给剪掉了。也有坚持不剪的。比如辜鸿铭，梳着小辫走进北大课堂，学生们哄堂大笑。辜平静地说："我头上的辫子是有形的，你们心中的辫子却是无形的。"闻听此言，狂傲的北大学生一片静默。诚然，有形的好剪，无形的难断。我们头上的辫子已经剪掉一百年了，心里的辫子还在否？

也罢，还是说理发！

现代的理发，已经不是单纯的剪和剃，要烫，要染，要卷曲，还要拉直。比裁剪一件合身的衣服麻烦多了。和尚尼姑的落发跟理发没有关系，那叫剃度，是一项庄严的仪式。对普通人而言，理发跟穿戴妆容具有同等重要的意义。这么说其实也不对，应该说，从来理发就是穿戴妆容的一个组成部分，只是现代用的器具和手段更繁复，更冗杂，更耗时费力。或许以前更费力，我们不知道罢了。

既然同穿戴妆容一样，在理发这件事上，最舍得工本和时间的当然是女人。女人理发前，那是很需要一番纠结的。留长还是剪短，卷曲还是拉直，不在心里打几个来回，绝对下不了决心。终于决心下定，还要考察理发店，服务好不好，价钱贵不贵，那是最基础的功课。最要紧的是会碰到一个怎样的理发师，能不能改头换面，全掌握在那个未曾谋面又给人无尽希冀的人手里。理发师手艺当然要好，人要能帅一点那就更好了。这比去见一个媒人介绍的男朋友还要忐忑不安。男朋友不满意可以找个借口溜之大吉。一旦把头交给了理发师，那就由不得自己了。如此左思右想几个星期，还是去了。

当然最好是晚上去，像是赴一个约会。跟一个全新自己的约会。

街上都亮了灯。街角理发店门口立一个一人高的灯柱，上面红的黄的蓝的圆圈一圈一圈地转上去，又一圈一圈地转下来，流丽之极。不由得你不心生向往地走进去。

待坐定在像牙医拔牙一样的理发椅上，需要有一种视死如归的勇气，既来之则安之。好在前面有个大镜子，可以一眼不眨地做监工。理发师手里摆弄着各种器具，先是用不同瓶瓶罐罐里的东西往头上喷，然后，抓一缕头发在手里绕过来绕过去，如此翻来覆去地折腾。监工的眼睛早已酸涩得不能睁开。再睁开时，头已不再是自己的头，成了长满横的竖的圆圈的冬瓜。一切就绪，再罩上一个大大的玻璃罩，像是将要被送上宇宙飞船的航天员。这个时候一切还在未知中，等待还是充满了希冀和不确定的喜悦。终于，重装卸下，反复端详，镜子里的自己比之前更好还是更糟，自己也看不分明。但不管怎样，总是和之前不同了，此时最需要的是一个肯定的答案。看到女人换了发型不加赞誉或熟视无睹，那是一件伤天害理的事，肯定会得罪人的。来的时候满怀忐忑，走的时候忐忑满怀。也不知道别人会怎么评说，自己看好像比来之前好一些，又好像还不如之前。唉，真叫人好不纠结！

出了理发店，门口灯柱的圆圈还在转，转得上边和下边都似乎远得没有尽头，没完没了。呆立着看一会，觉得无聊之极。这三千烦恼丝，何不干脆剪了算了。

男人理发则简单得多，说去就去了。但男人都懒，加上惜时惜水如惜金，头发常常积旬累月不梳不剪不洗。从发根处揭下来，简直就是现成的毡片，放在鞋里就可以保暖。要理发师在这样的头上操作，纵有鬼剪神工，料也施展不出来。况且男人的发式简单，板寸也好，中分也罢，都是手起剪落的事，赚不了什么钱。于是理发店就提供了洗头的服务，按摩的服务，洗脸采耳的服务。这算是男人理发中最愉快的余裕。

如果说女人在乎的是理发师，那男人在乎的则是按摩师。当然是女按摩师，技术不一定够好，但人要够甜。按摩本来是依附于理发过程中的旁枝末节，却喧宾夺主，世事往往就是这样本末倒置，有时明迷得让人糊涂。就像诗词曲赋本是文章的余裕，却各开了一代文学的体式。又如人划扁舟桥下过，无意间成全了烟雨画桥景色。还有朱元璋的得天下，本来不存心，却有了真意思。

理发虽是毫末技艺，却绝对是顶上功夫。太平天国石达开为理发店题过一副对联："磨砺以须，问天下头颅几许？及锋而试，看老夫手段如何。"意在言外，气势宏大，口气惊人，话竟然能说得这样大。但后来太平天国暴虐骄靡，远没有涵容万象的气度和治理天下的明政，借了神权和君权的名义，一切都不太平，名不副实，遂而灰飞烟灭。倒不及朱元璋那样市井的沾沾自喜来得平实自然："本来只想打家劫舍，没想到弄假成真！"说到底，长的是岁月，短的是人生，其实真没什么大不了！就算是真"大"了，那就去理个发，从头再来！

相貌

古人说，相由心生；古人又说，人不可貌相，海水不可斗量。

同样是古人的警句，仅仅一张脸都这样翻来覆去，矛盾得让今人无所适从，究竟听哪一句真叫后人为难。可见，古人的话真是做不得准，真替那些掉进格言警句里的人着急。

但毫无疑问，相貌对一个人来说是很重要的。在说古道今的文字中，但凡是有重要人物出场，都要把他的相貌描述一番。《三国演义》里说刘备："生得身长七尺五寸，两耳垂肩，双手过膝，目能自顾其耳，面如冠玉，唇若涂脂。"这么一说，让"性宽和，寡言语，喜怒不形于色；素有大志，专好结交天下豪杰"的刘备一下子生动了起来。英雄不仅要问出处，还要论长相。你想，两耳垂肩，双手过膝，目能自顾其耳，长成这样的人要是出现在你面前，胆子再大的人估计也要吓一跳的。这等天赋异禀的峥嵘相貌注定就不是等闲之辈啊！

难怪我一直这么等闲，原来相貌上就没有占得先机。这下好了，从此可以心安理得地过普通日子。可人总是不甘心，平凡的日子过得泼烦，总想平地起惊雷，幻想着有朝一日能出人头地。

然而，还是相貌出众的人更容易出人头地。我们常常感叹世事不公，觉得很多身外之物限制了自己公平竞争的机会。其实不公从你一出生就开始了。你拥有了一个怎样的相貌，就有一个怎样的人生。就长相这件事来说，是完全属于你与生俱来的身内之物，却是最不公平的。眼睛鼻子嘴巴好看不好看都是你的，是别人的你也拿不来，你也不能跟眼睛鼻子嘴巴去讲理，也不能要求从父母那里退货。不过现代的化妆技术和美容医学越来越有了巧夺天工的底气，实在拿不出手的，后天补救一下倒还是可以的。

自从女人懂得了美貌的优势，追求美貌就成了一生不懈的努力。男人追求女人，女人追求美貌。对男人来说，比等女人穿衣服更久的是等女人化妆。要是一个女人去见你的时候有着精致的妆容，你要不用心对待，就不要妄想再有下次约会。你可知道女人为此付出了多少心血和金钱？那每一寸肌肤上都是会呼吸的人民币。要是一个女人拒绝了你的约会，大抵是她觉得不值得为你化一次妆容。据说韩国的父母在嫁女儿的时候，会给女儿整容作为送给女婿的嫁妆。一般家庭会送一对眼睛或一个鼻子，富足人家则可以全面重塑，除了脸面，连胸和屁股都一起陪嫁的算是出手阔绰的豪富之家了。这真算得上是最不亏欠的嫁妆了，不仅让新郎得到了一个名副其实的新人，更大的好处在于，万一夫妻半途分道扬镳，陪嫁出去的，女方会一分不少地带回来，男人什么也留不下，倒也不失为制约男人的一种好方法。

木心说美貌是一种表情，是一种无为、无目的的存在，最容易被吸引和感动。长相普通的人，只能用喜怒哀乐的表情来吸引和感动他人。但这种后天产生的表情往往不能持久，持久了你也受不了，所以吸引和感动也往往有限。但美貌不同，美貌本身就是一种表情，这种表情是先天固有的。你如果拥有了美貌，你哭你笑你怒你哀都只是这种表情的附属品，美貌会一直存在，美人睡着了也是美人，甚至可能更美。被美貌感动的人也就一直被感动着，哪怕拥有美貌的人并没有这个意思，但美貌本身就是这个意思。当美貌者主观上拒绝吸引别人的时候，美貌本身依然是这个意思，这样的意思多了，美貌者往往遭殃，吸引不了人是一种灾难，吸引太多人也是灾难。由此，美人往往就被看成祸水。西施是吴王的祸水，貂蝉是董卓的祸水，杨妃是唐王朝的祸水，连陈圆圆都是闯王的祸水。红颜祸水是最不怀好意的臆断。

因此人们常常哀叹红颜薄命，红颜命再薄，那也还是红颜。事实上，丑陋者更多薄命，丑人也更易为祸，因为他们认为人世一开始就对他们充满了恶意，自然也会以恶意来报复人世。但丑人薄命没有人哀叹，认为那是理所当然。丑人多作怪，你不薄命谁薄命！

　　我这样说，容易被人骂。但仔细一想，这种担心倒也多余，就像没人会认为自己缺德一样，谁会认为自己丑呢？有这样智慧和自知之明的人毕竟不多，那些表面上说自己丑的人，最多是一种自我调侃的谦辞，内心怎么想的，谁知道？你要是当真了，那才真的会被骂。因为就算是真丑的人，被看惯了也会不觉得丑，但美的人就算被看惯了也还是觉得美。这好比一直作恶的人并不以为自己在作恶，但常常为善的人一定知道自己在为善。当然，丑陋也不是真的一无是处，至少还有一样贡献，那就是让美貌更美。唉，我这么说是有多么深的恶意！

　　我的一个朋友，人长得美，所以身边追求者众，可她常常困惑追求她的人都只是看中了她的美貌，而美貌终有凋谢的一天，这种追求就不会长久。她希望追求她的人能透过美貌看见她的智慧。好在智慧可以后天培养，她就孜孜不倦地读名著、学音乐、学绘画，还学插花艺术。如此一来，美貌经过学识和智慧的加持，人更加美得不像样了！确实，智慧终究代替不了美貌，却给美貌赋予了新的内涵，让美貌更美。但她不知道，单是美貌已让追求者沉沦，哪里还有多余的时间和精力去领略智慧。因为要想去领略智慧，也要追求者先有智慧才行。智慧反而让她洞见了追求者的浅薄，越发兴味索然，至今依然孤独地美丽着。这真是拥有美貌者最无可奈何的事！

　　其实，也有一种智慧是可以代替美貌的，那就是非常高超的智慧。达到这样修为的人，就算是相貌生得再丑，其内心的光芒也会照见美丽。

　　当然，这个很难！

请客

中国人开口不离吃，夫子说："饮食男女，人之大欲存焉。"首先是饮食，其次是男女，饮食是民生问题，男女是康乐问题，先民生而后康乐，符合人性的需求。我想，哪怕是色欲再盛的人，要是食不果腹，享乐也是心有余而力不足的。故而饱暖而后思淫欲，首先要饱。所以中国人见面要问："吃了吗？"这应该算是众多国粹中的一种。这一国问无处不在，从饭馆出来问，从办公室出来问，甚至从厕所出来也问。问的人本来无心，答的人好不作难，说"吃了"似乎不妥，说"没吃"，没吃人家也不请你，岂不尴尬！据说这句国问让初来上国的洋人出了不少洋相。这也难怪，洋人爱较真，但到了中国要是还这样事事较真，不出洋相才怪！当然，问与被问之间，也不全是虚与委蛇，既然吃那么重要，请吃与被请，总是不可避免，但真正意义上的请客，要郑重和繁缛得多。

请客不难，难的是请什么客。诸客之中，有求之客最难请。既然有求于客，就不可草率，必须要尽客之欢。都说请客一日忙，若请求之客岂止忙一日！况且，中国的饮食博大精深。菜分东西南北，酸甜苦辣咸皆具风味，各擅胜场；酒飘蜀黔秦晋，酱浓清米凤各有其香，谁领风骚？倘若不知客人喜好，这教主人好不难断，没有几日的揣摩度量根本无法攻坚克难。辗转反侧，反侧辗转，这事前的功课终于完成，酒菜算是妥了。但一客一主怎能成席？还要陪客，陪客比甄选酒菜更费思量。陪客最好跟主客都要熟悉，但又不能太熟；最好能谈笑风生，但又不能锋芒太露；最好能投客所好，但又不能借花献佛。否则喧宾夺了主人的风头，岂不让主人的盛情打了折扣。可见陪客不仅要性相近，还要习相远，不到最后不能定夺。

请客的日子总算到了，主客陪客也都悉数到齐。上了餐桌那就到了研墨提笔的临场发挥，圆不圆满则在于无数回的寒窗苦读。恰如恋爱中的前戏一样，撩拨得好就可以水到渠成，两情相悦。若是铺陈不够就匆忙上阵，除非是行家里手，否则就会功败垂成，相看两相厌。你看这一桌的水陆杂陈，琼浆玉液，好比是裹了糖衣的强弩利箭，主人是调兵遣将的元帅，陪客是狗头军师，能不能攻城略地要看主人的运筹帷幄。找话题，应尽显客人之学识渊博；造氛围，须挖掘客人之风趣幽默。话题要广博，至于怎么去迎合主客的兴味，那是陪客的职责。陪客无须多，两三人为佳，男客女陪，女客男陪是基本原则。但不管男客女客，女陪客不可或缺。气氛要热烈，话题不能偏离客人中心，但又要衔接得天衣无缝，这就要全赖女陪客的八面玲珑。沈从文说文字是一种情绪体操，一个善于做情绪体操的作者伺候文字要比伺候女人容易得多，那么一个善于营造气氛的女陪客伺候客人要比伺候文字容易得多。如此一场客请下来，觥筹交错，笑语喧哗，在风平浪静中波谲云诡，能否宾主尽欢各得其所尚不可知，但一定是够累的。如此，哪还有一点请吃和吃请的乐趣？不吃也罢！

　　然而，该吃还是得吃。

　　我就是这么一个俗人，口腹之欲不能绝。一个人吃着无聊，还是喜欢请吃也喜欢吃请。我请吃，必是请性情相投之人；我吃请，也只吃无求于我之人。我力所能及者，不请吃我一样尽力而为；我力不能及者，请吃我也无能为力。窃以为：看美人出浴，读才子文章，请谈得来的朋友吃饭，人生之乐不过尔尔！如此，隔三差五，就会呼朋引类聚在一处，菜随便选京湘蜀粤，干净可口就行，酒不需论高度低度，五谷酿制即可。在座者无权贵贫富之分，唯有长幼师徒之别。人不以群分，地不限南北。可以是同学，当然要有女同学；可以是同事，必须是好同事；可以是各色朋友，最好是趣朋友。这样的一群人，无事不必提前预约能招之即来，来几人算几人；有事不用抱拳告罪而抬脚就走，留几人是几人。酒菜齐备，有话高谈阔论，无话吃菜喝酒。可以儒雅，可以随俗，可以谈文艺，论经济，说隔壁老王的家长里短，说对门媳妇的飞短流长。可以从二爷的毡帽说到联合国会议，过渡得不着痕迹。

噫！我现在说请客，竟还是以吃为中心，真的是与时代不相为谋。其实，当下请客的范畴，已远远不止于请吃，请吃只能算是基本需求。基本需求满足了应该向更高层次发展，就有请看戏的，请唱歌的，请洗澡的，请旅游的，据说甚至还有请受气和请挨打的。

"饮食男女，人之大欲存焉！"唉，我总是这么不落世俗的圈套，惭愧。

照相

　　我最喜欢看女人照相。男人也照相，但大多古板乏味，实不足观。更有甚者，往镜头前一站，就手足无措，脸上肌肉马上僵硬，笑也不像笑，哭也不是哭，照相的人难受，看他照相的人更难受。也有男人能在照相的时候极尽风致。女人作S状，他也作S状，女人飞天，他也飞天，女人妖媚，他更妖媚，像如花那般的妖媚，一副欲与女人试比天的气魄。此等人物，更不足观，非不足观，实不忍观。我说的夭，是桃之夭夭的夭。"桃之夭夭，灼灼其华"，女人在照相的时候是分外妖娆的。再严正贫乏的女人，照相的时候也有一种妖媚在，平时黯淡迟滞的眼角眉梢也会在闪光灯下生动起来。毕竟，每个人都有追求美的天性，尤其是女人，美貌不仅可以悦人，亦能悦己。如何呈现美并留住美，就成了女人为之奋斗的终身事业，照相无疑是最有效和便捷的方法之一。

　　翻看一个人的相簿，几乎可以窥见其走过的人生，当过往的沉沙泛起，悠长得像过不完的童年。上古无文字，结绳以记事。相片也是一种记录，当一页一页地从眼前翻过，引导我们走向自己，发现自己，在历史的浮光掠影里愉快或伤感地度日如年，看到了时间打在自己身上的烙印。峥嵘或平凡的岁月，飞扬或破灭的人生，如同没有穷尽的漫漫长途，都委弃在光阴的尘埃里。

　　在我读中学的时候，特别眼热能给人照相的人。照相多有意思啊！拿着个黑匣子，对着什么啪地一按，就被留在相机里了，比画画省事。终于家里有了一台相机，我开始热衷于照相。那时候照相还是一件庄严的事，被照的人都要郑重其事地梳妆打扮一番。要穿最好看的衣服，摆出最端正的姿势。可家里人被我照了一圈之后，照片洗出来却令人大失所望，画面模糊得像抽象派的画，单凭面貌谁也认不出谁是谁。家人都指责我浪费他们的表情，浪费好看的衣服，还浪费了价值不菲的胶卷。只有七十多岁的太奶奶对我的照片毫不厌弃，每有客人来就指着照片告诉人家谁是谁。可每次都会指着还不满十七岁的二姐说是她自己。搞得本就满怀恨意的二姐更加愤恨不已，好长时间不理我。自此再也没人让我照相了，甚至连同我的人也一样被厌弃。

佛说众生平等，还好飞禽走兽看人都是一样的，对我没有偏见。于是我把镜头对准了家里的鸡猫狗马。一段时间，差不多家里所有能走动的，都没能逃过我的镜头。我唯独不照猪。猪太丑了，而且臭，怎么照也不美，上不了相。

我最爱拍的是小白（猫）和小黑（狗）。小白生得相貌好，浑身素白无杂色。可总是一副慵慵懒懒的样子，似乎永远睡不醒。大白天也困得东倒西歪，太奶奶能看到人和动物的往世今生，说小白是美人托生的，我想那一定是睡美人。也正因了它的慵懒，倒易于在拍照的时候摆造型。摆得最多的当然是各种睡姿，躺着睡，趴着睡，抱着膀子睡，脑袋下塞个荷包枕着睡，抽了荷包蜷起前爪还是睡。我在它脑袋上套个袜子当睡帽，却不睡了，伸了爪子摘睡帽，一下两下摘不掉，袜子臭，就接二连三地打喷嚏，打完喷嚏不困了，就在院子里猫行虎步，神情孤傲。真是"不汲汲于富贵，不戚戚于贫贱"，凛凛然不可犯，谁也不理，像个哲学家。比起小白，小黑就主动很多。但凡一声叫，马上出现。一开始不明就里，看我手上的黑匣子，以为里面有吃的，歪着头左看右看，几次三番上了当，看见我手上有相机就绕着走。我不能再失去这个拥趸，就每次拿了馒头赏赐它。自此百呼百应。小白见了，对着小黑"喵"一声，满脸的鄙夷，而后就眯了眼接着睡。小黑不懂猫语，也犯不上看猫的脸色，完全不理会小白的鄙夷，依然心安理得地跑前跑后无怨言。

我拿了给小白小黑拍的照片给太奶奶看。太奶奶指着一白一黑两个家伙说："你二姐是长头发，啥时剃得这样短？而且姑娘家要穿有颜色的衣服才好看，这样不是白就是黑，太素了！"这一说，逗得正在喝水的大姐喷了小黑满脸花。自此我追着小白小黑叫二姐，小白小黑不理我，二姐也不理我。

后来二姐拿钱买了胶卷给我，条件是不再拍小白小黑给太奶奶看。我就这样被收买了。小黑还是一如既往地围着我转，我却不再给它们照相了。我在小白小黑的食盆里拌了猪油给它们吃，希望它们不要觉得我薄情寡义，小黑嗅了一下就走开了，小白冲我"喵"一声，依然眯了眼睡。原来人无情义，连猫狗都要鄙夷的。我装作逗小黑转过身，不敢看小白的脸。我是这样不洒脱，是连一猫一狗也放不下！木心说，多情可以多到无际无涯，无情则有限，无情而已。

但我不能将照相止于模糊的境界，那太写意太抽象了。抽象派的画画出来是艺术品，照出来算什么呢？喜欢中国画的人认为照相不算艺术，甚至连写实的油画也算不上艺术。费那么大劲画那么像有啥意义呢？要想像还不简单，干脆照相就好了。说来说去，照相还是得像。问题是，我照的相就是不像！我得请教照得像的人。托人四处打听，七拐八拐地居然真的找到了一位摄影师。他跟我讲，摄影要有画面感，画面要有冲击力，选景角度要独特，近景远景要有层次，人物要拍出棱角，等等，不一而足。我如同得了五字真言一样如获至宝，开始萧规曹随，仿照成法。

我找我们班上最面貌峥嵘的一位男生做模特，选各种突兀的断壁残垣做背景，用最飞扬跋扈的姿势摆造型。如此忙了一个星期，终于把拍好的胶卷交给了冲印社。取照片那天，我和做我模特的那位仁兄都踌躇满志，约了班上能约到的女同学，其中一位就是这位仁兄心慕已久的对象。我曾跟他夸下海口，这组照片拍出来，一定会让他的心动女生为他心动，这也是他答应做模特的条件。厚厚的一沓照片出来了，女同学手快，抢先拿到了，七八个脑袋围成一圈。我和仁兄挤不进去，但我似乎听到了有人在窃笑，紧接着就是哄堂大笑。我那位仁兄凑过去看了几张，转过身满脸通红地顺门就走。难道又没有照像？我一看，相倒是像了，问题是太像了。在各种断壁残垣背景的映衬下，我给他照的相，居然放大了他容貌中所有的缺点，又恰好掩盖了他难得的优点。让他丑得无与伦比。这怪谁呢？我对快门的掌控根本捕捉不了他那隐蔽而又飘忽不定的优点。

此后好几个星期，那个女生不跟他说话，他不跟我说话。他以为我是故意的。他哪里知道，以我的照相水平，还根本达不到成心害人的程度。不能不承认，这相是人照的，但不是人人能照的。照得不像不行，照得太像更不行。看来艺术这种事，空有热情没有天分是不行的。自此，我照相的尝试戛然而止，也不对人提起我曾学过照相。

现今，照相设备已经先进到傻瓜也能照相。而且不用借助他人之手，自己的事情自己办，自拍就成了一种风尚。不知从什么时候开始，我们的生活这样的琐碎，凌乱，甚至破碎。梦想离现实越远，越有创造美丽的幻想的自由，想让生活处处洋溢着生命的活泼与精彩，来照亮人生。没有哪一种行为，比自拍更能展现自己而又不至于影响他人。就是只拍给自己看看也好。天生丽质的自然希望美貌常驻，就是有瑕疵也不怕，各种美颜效果会让你想像谁就是谁，就是不要像自己。长得丑想得美，长得美想得更美。

我看到一个朋友发了照片在朋友圈，有人留言："这似乎不像你？"朋友回复："废话，要是像我，我两个小时的功夫不是白费了！"我为朋友的坦诚喝彩。想起自己那个时候为了照得像竟那么大费周折，不禁茫然。世事就是这样阴差阳错得让人捉摸不透。

自拍是一种心理诉求。谁都怕韶华易逝，怕美好的东西消失不见，怕在乎的人看不到自己的美。虽然似乎是一种无力的挽留，然而是从内心深处生发出来的生命的颤动，还是热闹的。

一个人的热闹，就显得荒凉。

骂人

中国文学史上有两个人以骂人出名：一个是鲁迅；一个是李敖。其他骂人者也有，但都是些虾兵蟹将，骂得不成气候，不提也罢！

这两个骂人者有很多共同点：都能写文章；都提倡新文化；都精通国学，精通史学；都反对传统，倡导西化；都骂人骂出了名。

我主要说说这两人骂人的不同点。

首先是被骂的对象不同。

鲁迅心怀家国，看国家内忧外患，国人却都漠然如看客，既哀其不幸，又怒其不争，忧愤难抑，看到不争气的就想给予当头棒喝。所以骂的范围广，对象相对随机，且大多是比较抽象的小人物。就像林语堂说："他以顶盔披甲，持矛把盾交锋以为乐，倘若无锋可交，无矛可持，拾一石子投狗，偶中，亦快然于胸中。"李敖则有很大的不同。李敖骂的都是具体的大人物，且骂得异常专注，抓住一个人死磕，直骂到人体无完肤，不死不休。骂得自己进了监狱，还骂。从监狱里放了出来，依然骂！这跟他追逐女人相仿，不娶不休。

李敖骂得最多的要数蒋介石及其妻儿，其次还有国民党元老。国民党被他骂得丢了台湾又得了台湾。李敖自己也因骂国民党进了监狱又出了监狱，成了一个文化名人。可以说，在这场骂战中，李敖和国民党各得其所，一方成名，一方容忍，相得益彰。用李敖自己的辩证法看他和国民党，就像康有为和西太后一样，是一枚硬币的两个面。不同的是，康有为是悲剧，李敖是喜剧。国民党虽然关了他，可依然能够容忍他在狱中每月一篇千秋评论，仅此而论，李敖可以知足了。

其次是骂人的出发点亦不同。

鲁迅大多是用民族大义去骂小人物。国人从之前的懵懵懂懂被骂得迷迷糊糊，除了知识分子摇旗呐喊之外，国人还是国人，看客还是看客。他的讽刺和幽默看上去很苛责，似乎和全世界为敌。实则他看芸芸众生却有一种割舍不下的亲近，因为他的内心有一种对国民的大爱。他急于找到救国之路。先学医，但发现有了强健的体魄也并不能救国，于是投身教育，认为提升民智才是正道。对青年寄予了希望，但又过于迫切。眼看着国破山河碎，怎么能让他不急？十年树木，百年树人，他希望能够"愚鲁而迅行"。很多青年崇拜鲁迅，自以为循着他的路在走，却往往越走越偏。

李敖因个人权利骂大人物，而且骂得理直气壮。他恨国民党的一个理由就是让他坐了十年黑狱，不能享人生之乐。出狱之后，稍事休整，马上拍马挺枪继续开骂，依然骂得振振有词。这也让他颇为自得，嘲笑有些知识分子，就会搞些"哭哭啼啼的伤痕文学"，实在"太没有出息"。他确实有资格这么说。

在修辞上，鲁迅多隐晦，指桑骂槐者多，且多用雅词。最狠的也就是把梁实秋跟一种动物扯上了点关系。李敖则直接得多，用词文白兼备，且多夹杂人体器官语，似乎不如此不尽兴，有时粗俗得很。

平心而论，这两个人我都佩服，也都喜欢。

我常常作想，要是这两人能够共处一时，那文坛该是怎样的一番热闹景象。可惜这两个最有名的骂将却在乱世中擦肩而过。李敖后生占了便宜，可以对鲁迅说三道四，可鲁迅不会骂他。骂不着。

玩月记事

抬杠

有一种人我最不喜欢跟他说话，那就是特别爱抬杠的人。

自然赋予了人语言的天赋，人们享用着自然的赐予，用语言沟通交流，也用来抬杠。由此可见，在人类众多的进化中，语言也是一把双刃剑，一边可以悦人，一边可以伤人。我这样讲，有人会说："难道只有我认为剑本来就是双刃的吗？单刃的那叫刀！"啧！看到了吧，我说的特别爱抬杠的人，就是这类人。他们的思维自成一体，从来不去理会你想要表达的本意，遇到话题只管反驳，逢杠必抬，无杠不欢，以语言上的压制获取心理上的优越感和存在感。当然，那些诸如"白马非马"的逻辑思辨尚不在此列。还有那些"我说前门楼子，你说胯骨轴子"之类的插科逗趣也不在此列。

抬杠是一种充满了恶意的语言暴力。

爱抬杠的人对语言的运用总有独到之处，知道什么样的语言才能针对对方产生最大的攻击力。不论你说什么，他总是能找到与之相反的观点来反驳你。即便是你顺着他的观点附和，他也不惜出尔再反尔，再用与其相反的论调继续反驳你。总之，不跟你争个高下誓不罢休。很难用语言描述抬杠者的思维和杀伤力。但可以列举一二以飨读者：

甲：今天太冷了！

乙：这都叫冷啊？那西伯利亚的人还不活了？

甲：可能西伯利亚的人习惯了吧！

乙：习惯？你去习惯一下试试。

这种评判性质的话题被杠也就算了，说句陈述性的总不至于也会被杠吧？如果你这样认为，那你太低估抬杠者的水准了。不信你看：

甲：杜鹃花开了。

乙：怎么你眼里只有杜鹃花？桃花梨花杏花樱花怎么得罪你了？

甲：这些花都没得罪我，可能是我得罪你了。

乙：你这人真是小心眼，说你一句你就上纲上线，这还怎么交流啊？

甲：……

诸如此例，不胜枚举。

抬杠一族，古已有之，于今为盛。

究其根源，应该算是从诡辩术衍生出来的一枝恶之花。可就是诡辩鼻祖"名家"的代表人物公孙龙（"白马非马"就是其神作），已达"合同异，离坚白；然不然，可不可；困百家之知，穷众口之辩"的修为，但在智者的眼里也不过是一只"不知论极妙之言，而自适一时之利"的坎井之蛙。更何况，现今的抬杠者们往往诡术有余而思辨不足，学识也不及其先辈万一。要说诡辩是坎井之蛙，抬杠那是连坎井之蛙也称不上。对付这样的人，庄子的经验值得借鉴：庄子与惠子游于濠梁之上。庄子曰："鲦鱼出游从容，是鱼之乐也。"惠子曰："子非鱼，安知鱼之乐？"庄子曰："子非我，安知我不知鱼之乐？"惠子曰："我非子，固不知子矣；子固非鱼也，子之不知鱼之乐，全矣。"庄子曰："请循其本，子曰'汝安知鱼乐'云者，既已知吾知之而问我，我知之濠上也。"庄子是智者，跟他抬杠的惠子也还不至于像坎井之蛙那般不堪，尚能"循其本"。更多的时候，我们面对的还不及坎井之蛙，也就无法使其"循其本"了。

遇到爱抬杠的人，最好的办法是退避三舍。他想赢就让他赢吧，跟一个爱抬杠的人较劲，输了是输了，赢了也是输了。张三李四论三国，张三说诸葛亮姓孔，李四说诸葛亮姓诸葛。两人争论不休，赌十文钱去找先生评理，先生说诸葛亮当然姓孔，张三高兴地拿了钱走人。李四很不甘心，问先生为何胡说，先生说，你输十文钱买他糊涂一辈子，你说值不值？

我不知道西方人是不是也喜欢抬杠。单就语言的丰富程度和模糊程度而言，汉语有着先天的优越性。因此，中国人抬杠水平怕无人能够匹敌。《旧约·创世纪》中说：一开始，上帝的信众都讲同一种语言，极大地方便了沟通的便利性。人们就商量要建一座城和一座塔，塔顶通天。上帝看到了，认为所有的人民用一样的语言，就没有做不成的事。于是变乱了人们的口音，使彼此语言不通并分散在世界各地。正在建造的通天塔就停工了，取名巴别塔。可见，上帝的本意并不想让人们完全无障碍地交流，如果人太强大了，连上帝都怕？！好在上帝还算仁慈，只是变乱语言，让人们不能顺畅地交流，没让人跟你抬杠，这样各自走开倒也相安无事。

"天地不仁，以万物为刍狗。"我觉得抬杠就是上天对人的惩罚，故意让撒旦钻了空子。不变乱你的语言，而是任由一撮跟你讲同一种语言的人来跟你抬杠，这是多么深的恶意啊？你想，那些特别爱抬杠的人，难道不是魔鬼特别授意来给我们的正常交流捣乱的吗？否则，抬杠这种于人有损于己不利的爱好，怎么会有人能乐此不疲？

从心理学上分析，抬杠是语言暴力的形式之一。宣泄暴力对人类有谜一样的吸引力。鸟兽不通语言，就少了一种争斗形式。我们常听到的鸟鸣狗吠可能过于简单，还达不到语言的高度，因此也无法用来抬杠。从未见过鸟兽相互残杀可以达到人类相残的地步。现代行为学创始人康·洛伦茨在《论侵犯性》中说："人类的好斗性是一种真正的无意识的本能。这种好斗性，也即侵犯性，有其自身的释放机制，同性欲及其他人类本能一样，会引起特殊的、极其强烈的快感。"如此说来，抬杠不仅是一种心理需求，更是一种生理需求。病态的需求。

是病就得治，鲁迅先生研究国人精神深矣！最后不得不弃医从文，不仅医身，更要医心。先生在《论辩的魂灵》中白描出了这样一类人："你说中国不好。你是外国人么？为什么不到外国去？可惜外国人看你不起……你说甲生疮。甲是中国人，你就是说中国人生疮了。既然中国人生疮，你是中国人，就是你也生疮了。你既然也生疮，你就和甲一样。而你只说甲生疮，则竟无自知之明，你的话还有什么价值？倘你没有生疮，是说谎也。卖国贼是说谎的，所以你是卖国贼。我骂卖国贼，所以我是爱国者。爱国者的话是最有价值的，所以我的话是不错的，我的话既然不错，你就是卖国贼无疑了。你自以为是'人'，我却以为非也。我是畜类，现在我就叫你爹爹。你既然是畜类的爹爹，当然也就是畜类了。"多么痛彻的领悟，才能刻画得如此入木三分！可现在先生已经走了，但抬杠的人不走。不仅不走，还拿先生说事：

    甲：气死我了，刚才有个傻×跟我抬杠，说鲁迅不姓鲁。

    乙：不姓鲁姓什么，简直是胡闹！

    甲：他说姓周。

    乙：胡说八道，周迅明明是个女的。

人病

人食五谷杂粮，免不了会生病。

我的身体还算强健，可一年里也难免会病上几回。无非是人人熟悉的头疼脑热、牙肿眼痒之类的小恙，实在都不值一提。但听说在我不记事的时候倒是患过一场大病——急性肺炎。在最危急的时候差点死掉，把除我之外的所有家人都吓得不轻。据说我奶奶情急之下在离家不远的地方挖了一个小坑，在里面埋了我一双尚未来得及上脚的小鞋，点了香，跪下给老天爷磕头，口里喃喃有词，说权当把我从老天爷那儿暂时给赊回来，用这双小鞋代替我，让老天爷收了它放了我。嗨！我奶奶真会算账，老天爷是一双小鞋就能糊弄的吗？况且这事儿要划分职责也不属于老天爷管啊！管他呢，病急乱投医，礼多神不怪，这种时候不能那么较真儿。更何况，我奶奶这么做是有依据的。我们当地有预先为长寿老人置办寿材的习俗，说寿材越早齐备老人越长寿。还真有一位老先生的棺椁在堂屋里停放了十年之久，孝子贤孙们每年在棺椁上新刷的油漆已经积了一指厚，可他老人家却越活越健壮，丝毫没有住进去的意思。有一位本族的同辈堂弟看着不知是着急还是眼馋，竟先他享用了。

我当时落地还不足两周，当然不能照搬老寿星的礼遇。再说当时人已经命悬一线，置办别的礼仪也来不及，挖个小坑算是最便宜的权宜之策。如此做法灵不灵验不知道，反正我确实是活过来了！那双替我罹难的小鞋几天后不知被什么人给挖走了。这是好事，有人替老天爷领了情，算是奶奶跟老天爷的约定生效了。过后奶奶在埋过小鞋的坑里种了一枚杏核。当时恰好是杂花生树，良苗怀新的时节，不几日杏核居然破土成苗，几个月后竟长得比我还高了。当然，这些事我那时一概不知，都是后来听说的。如果有人以道听途说来给我戴一个引证不实的帽子，那只能请您去跟老天爷对质了。但我人生中的第一次蒙难确实就这样在懵懂无知中脱了险，身处其中却免去了担惊受怕的忧惧之苦，对我而言，算是不幸中的大幸！

待到人事渐长，生病就不能再如乳臭未干时那样一副与己无关的样子了。病是一种切切实实的难受，你想不理它也难，让你不适的病痛会时时刻刻提醒病的存在。病虽有轻重缓急，但无论什么病，对生病的人来说，都不好受。得了感冒，涕泗交流畏寒发热的时候就会作想，要得的不是感冒来个别的或许会好过一点；可当牙疼的时候，却又想，疼什么不好，偏偏要牙疼？看又看不见，摸也摸不准，腮帮子都疼肿了也不知道究竟是哪颗牙在作祟，多阴险呀，就不能找个能看得见的地方疼，疼得明明白白不行吗？好不容易牙不疼了，脚气犯了，这总算是看得见也摸得着啦，可奇痒难忍，痒得晚上睡不着觉。又恨恨不已，说痛可忍痒不可忍，要痛就痛快点痛死算了，何苦这么百爪挠心地折磨人，恨不得把一双脚给剁了去。可见，这病真让人难，得了病的人更难！人是哪个部位病了，就觉得那个部位最不该病，换个地方会好一点。倒不是病专门跟你过不去，而是你哪里出了问题，你才会觉得那里的重要性。就像你天天无所顾忌地吸着空气，从来不会意识到空气珍贵，只有到了空气稀薄的高原地带，你才会意识到原来自由呼吸在有些地方是一种奢望。当然，不同的病确实带给人的苦楚千差万别，谁都想避重就轻，选自己最可能承受的那一种。可惜病由不得你挑肥拣瘦，不像在饭馆里照着菜单点菜。不能说给我来十块钱的感冒，也不能说我要两个小时的肚子疼。病不会给你讲道理，能讲道理的那还是病吗？

唉！万般都好说，唯病最难缠！

比病更难缠的是生病的人。一个人一旦生病，家人朋友都会对他礼让三分。平时该干的活可以不干，平时该讲的理可以不讲，平时不敢说的话——嗯，还是不敢说。

但平时不能支使的人此时却可以支使一下。病者为大嘛！由此看来，若说生病全无好处也不尽然。除了可以享有以上所述的特权之外，至少还可以成为各种托辞。如果你碌碌日久一事无成，碰见熟人问起近况，可以毫无愧色地说："我不是生病了嘛！"若是想避开不想见的人，拒绝不想赴的宴，只消一句："我生病啦！"就可以推得干干净净，这多省事。小学生也常拿生病的借口逃学，给老师写假条："因为我明天头疼，所以要请假一天，请老师批准！"呵，这头疼竟可以未卜先知，还用因为所以关联得这么逻辑严密，倒是让老师有点头疼了！

　　不过，这种仅用生病来请辞逃学的，都只能算是小技。格局更大的，有托病升官的，有托病敛财的，还有托病保命的。甚至还有托病勾引美人的。《西厢记》里张君瑞就对崔莺莺说："你是那倾国倾城貌，我是那多愁多病身！"噫，这就怪了，勾引美人不是多金多情更有用吗？怎么多愁多病还成优势了？其实也难怪，在中国的审美观念里，有一枝旁逸斜出，比较清奇，竟把生病看作是一桩雅事和一种美态。所以"东施效颦"会捂着肚子在街上走，效的不是美貌，效的是病态。贾宝玉眼中的林黛玉也是"态生两靥之愁，娇袭一身之病……心较比干多一窍，病如西子胜三分"。以雪芹之才竟连用两个"病"字来说美人，似乎美人不病就没资格美。鲁迅曾说中国人的愿望中有两类比较特别："一类是愿天下的人都死掉，只剩下他自己和一个好看的姑娘，还有一个卖大饼的；另一类是愿秋天薄暮，吐半口血，两个丫鬟扶着，恹恹的到阶前去看秋海棠。"第一类好理解，无非还停留在食色本性的动物性基本需求的层面上。也真难为他，居然还能想到跟好看的姑娘在一起，累了还需要吃大饼！但是怀有这种愿望的人，难道不怕那个好看的姑娘跟那个卖大饼的跑了吗？除非那个卖大饼的是武大郎，他还真是会想。这第二类就让人费解了，两个丫鬟扶着也就罢了，为什么还要吐半口血呢？与其"恹恹的到阶前去看秋海棠"，还不如生龙活虎地去猎一只豹子回来，跟两个丫鬟烤着吃饱了再去看秋海棠不是更好吗？事实上，就病本身而言，既不雅，也不美。当然，如果一定要在病中寻找雅美的意境，也不是不行，但这完全属于个人的修养和体验，与病本身并无直接关系。这个，谁病谁知道！

人生在世，怕没有人是不生病的。我们用"生老病死"来概括人生的四种状态。生是开始，老是成长，病是过程，死是结果，是把"病"与"生、老、死"同等相待的。可见，病是我们人生历程的一部分。只要人在活着的一天，病可能都会伴随你左右，就算你的身体没有表现出来病态，病可能只是暗暗地潜伏在你身体的某个地方，闭着眼睛，静待你在虚弱的时候嚣张的时候颓废的时候嫉恨的时候，一一把它唤醒，趁机给你来那么一下。

王充说："人病则忧惧，忧惧则见鬼出。"就像现在，全世界几百万人都被同一种病困扰着，但比病本身更可怕的是人的猜忌和忧惧，忧惧则鬼出，出来的鬼多了，则天下大乱。

既然病不可免，那就坦然面对。生命是顽强奔放的，任何时候，总会自己找到出路。

性情中人

性情难写，是因为要写得它真。

我在这个题目下闷了很久，一直不知道该怎么起头，按套路，完全可以从老夫子"食色，性也！"这样的警句说开去，或者用"饮食男女，人之大欲存焉！"做引子，可我偏不。

窃以为，老夫子一开始说得很对。可后来的徒子徒孙开始不停地打补丁，告诫人们，话虽如此，但你要做一个高尚的人，这样不对，你要做一个脱离了低级趣味的人，那样也不对，就这样周而复始地否定人欲，抹杀天性。于是就有了柳下惠坐怀不乱。你乱了，你就不是君子，不是贤人，甚至不是人。不乱是修为，乱了是本性。许多人为了证明自己有修为，就开始压抑本性，实在压抑不了，就做假。乱了也说没乱，心乱了也控制着身体不乱，内心惊涛拍岸，表面静如秋水。司马迁说："胸有激雷而面如平湖者，可拜上将军。"中国人视官者为尊，人人想做上将军，于是个个面如平湖。这样慢慢地温水煮青蛙，中国人就成了现在的样子。也有几个不学样的，当然没做成上将军，但都做了君主，如刘邦，如李世民，如赵匡胤和朱元璋。

吊诡的是我们一直奉为金科玉律的儒教礼制，开国之君倒都不以为然，这应颇耐史学家寻味！

也罢，闲言少叙，虽然是说性，但前戏太久了也会让人厌烦。这是中国文人的通病，我有个朋友跟才见了一面的女生就上床，我揶揄他："我跟女朋友交往半年了才拉一下手，你们这也太快了吧？"他无不鄙夷地说："你们是知识分子么！"噎得我半晌接不上话。但不能不承认，他说得有道理。

我说中国人成了现在的样子，也是要耐你寻味的。因为对于性，之前的中国人并不像现在这样拘谨、刻板、压抑、心是口非。我这么说一定会被诘问和反驳："你说中国足球落后，我绝对同意，但你说中国性开放程度落后，我绝不同意。"

问题就在这里。现在中国人的性开放程度似乎早已超英赶美，但性的开放不代表性的解放。人往往会从一个极端走向另一个极端，太久的压抑，让我们从压抑走向了泛滥，甚至苟且。饿太久的人，在食物面前总是无节制的。就像暴发户总喜欢把金链子挂在脖子上。我们时常地享受床笫之欢，但我们对性不坦诚，不明朗，也不尊重。在身体享受欢愉的同时，内心却怀有一种隐秘的羞耻心和罪恶感。又或者流于轻薄，视性情为玩物，少了真心实意的平常心。如此，行为上表现得越开放，内心越压抑。

那么，之前，再之前，再再之前的中国人对性的态度是怎样的呢？《战国策·韩策》中有这样一段记载，秦国的宣太后对韩国来求救的使臣尚靳说：

> 妾事先王也，先王以其髀加妾之身，妾困不疲也，尽置其身妾之上，而妾弗重也，何也？以其少有利焉。今佐韩，兵不众、粮不多，则不足以救韩。夫救韩之危，日费千金，独不可使妾少有利焉！

一个当朝太后，在朝堂之上，当着文武百官，跟邻国使臣用性爱体位的舒服程度权衡出兵利弊，真是霸气侧漏。都说治大国如烹小鲜，宣太后治大国则如行云雨。此等性情，也是只有在中国早先的气魄里才有的风景。可那时的文武百官和使臣却安之若素，甚至被史官记在了史册里，也一直没人觉得有什么不妥。但千年之后，却把清朝的王士禛给震惊了。他在《池北偶谈》中说："此等淫亵语，出于夫人之口，入于使者之耳，载于国史之笔，皆大奇！"言外之意就是，这样淫秽的话，本来就不该说，女人更不应该说，就是说了，也不能让国外的使者听到，说了听了也就算了，怎么能让史官记载下来呢？

　　无独有偶，齐景公"抱背之欢"则更加"基情"四射。说是齐景公生得美，一个小官员因爱慕齐景公的容貌而盯着他看。景公觉得小官员在调戏他，要杀了他。齐相晏子听说此事，劝景公："拒绝别人的欲望，是不道义的；憎恶别人的爱慕是不祥和的，就算他真的意淫于主上，也是不至于杀头的。"景公绝对是性情中人，听了晏子的话说："讨厌啊！不过也确实是这个道理……那么在我洗澡的时候，让他来抱我的背好了。"这画风转得够快吧？刚刚还要杀头，现在洗澡的时候来抱我的背，幸福来得如此突然，画面太美不敢看啊！

　　相比以上两位的直白，南唐后主李煜就唯美很多。他写一个女子去跟情人相会：

　　花明月暗笼轻雾，今宵好向郎边去。刬袜步香阶，手提金缕鞋。
　　画堂南畔见，一向偎人颤。奴为出来难，教君恣意怜。

　　在花明月暗笼轻雾的夜晚，正是跟情人约会的好时节，这开篇两句的场景营造就已经让人心猿意马，比"月上柳梢头，人约黄昏后"更直接和热烈。女子为了不惊动别人，脱了鞋拎在手里，"画堂南畔见，一向偎人颤"。都说诗工词艳，李煜做皇帝不行，但填词绝对是圣手，仅仅十个字，就画出了一副"活春宫"。不仅有画面，连配音也感同身受，可谓声情并茂。这还不算，整首词的点睛之笔在最后两句"奴为出来难，教君恣意怜"，我出来一次太难了，你要使出手段尽情尽兴地爱我。这真是惊心动魄。虽是露水之情，但这样直抒胸臆，毫不拘泥，率真而明朗，看不到一星半点的轻薄和苟且之意。能把文字拿捏到这样的程度，不仅要有才华，还要有情义。李煜贵为天子，却对男女之间的情爱百般留恋，写的是江山，恋的是美人，不管是朝廷还是民间，都生在人世的风景里，而这正是那时中国的气象，连儿女私情也有一种豁朗的清新。

唉，多情总是累赘，赢了美人，丢了江山！

当然，在性情描写中，最能天人合一、气势磅礴的要属宋玉。宋玉不仅貌美，文采亦美。男欢女爱使人世延绵不绝，天地交合则万物衍生不息，所以他说："妾在巫山之阳，高唐之下，朝为行云，暮为行雨。"寥寥几笔，道出了天人合一的自然大道。这才是鬼斧神工！

野莽先生散记

看到很多文坛大家都写了关于野莽印象的文章，让我心痒，但看到他们都写得那么好，又让我心虚。按理我是最应该写的，却被他们都占了先，真不应该看他们写的，给我平添了压力。越是这样，竟然越不敢轻易下笔，怕方其搦翰，半折心始。人家说近乡情怯，我是近恩情怯。

不管了，千头万绪，还是从初识说起吧。

在我所熟识的人中，再没有谁像野莽一样，能把助人为乐进行得这样彻底。野莽帮助过很多人。从相笃挚友到素昧平生，从达官富贾到贩夫走卒，但凡是有求于他，他总是在力所能及时倾力相助。就算是有时力不能及，也会托了朋友，甚至是再托了朋友的朋友，帮忙玉成其事。在他帮助的这么多人中，自然也有助人而惹了麻烦的，甚至还有助人以怨报德的。他当然也不会对此完全不以为意，但最多也就是说几句气话，然后一笑了之。可他从不以此为鉴而因此成戒，依然在助人为乐的大道上狂奔不止。所以，野莽老师朋友多，文化圈子里的朋友尤其多。我有一次跟全秋生聊天，说到野莽，他开玩笑说："认识了野莽，差不多就算认识了中国大半个文坛。"

我这么说，是有依据的。因为在他帮助我时，我们就是素昧平生，互不相识。但他为了帮助一个互不相识的人坚持了六年，直到完成。

因为他是那种受了朋友嘱托，就放不下的人。

嘱托他的人是贾平凹。那是1999年，我完成了贾平凹长篇小说《高老庄》和《白夜》的评注。之所以选这两本书作评注，是因为在《废都》之后，贾平凹就处在一片迷雾中让很多人无法看清，他的作品也被越来越多的人误读，毁誉齐发，褒贬并存。

喜欢他作品的人视为天才，不喜欢的人肆意诋毁。这个时候，我有了评注其作品的想法。读他的作品，我有很强的对应感，他文字中所张扬的那种浑然天成的意象也正是我的追求，他所表述的文学观点也正是我心中所想却无力言说的。他在几本书的后记中，无不悲哀地感叹他的一些观点应者寥寥。别人可能看到这些话只是一笑而过，但我是真正地感受到了他的真诚和无奈，我理解他的悲哀。我听到有笑声在什么地方响起。他说他在缓慢地，步步为营地推动着他的战车。暗室无灯，有眼亦皆同瞽目。贾平凹开了一道门，我就来推开一扇窗。

我想，那就从评注《高老庄》和《白夜》开始吧。像金圣叹评《水浒》那样评，像张竹坡评《金瓶梅》那样评，像脂砚斋评《红楼梦》那样评。约半年余，两本书的评注完成。我将书稿寄给了平凹老师。不奢望出版，只期望读者与作者之间的一种理解与呼应。平凹老师看了，觉得还不错。其时已有孙见喜、穆涛、肖云儒、费秉勋几位教授和学者评注的《浮躁》《白夜》《土门》和《高老庄》问世。同类再版，何其艰难。平凹老师就将书稿交给了野莽老师，一并将我——一个素昧平生的后学者嘱托给了野莽。

自此，野莽一坚持就是六年。其间他经历了从原单位去职、搬家等种种波折，但始终没将那一沓手写的稿件丢弃，而是一直在四处奔走推荐。其间烦难，自不待言。直到2005年，由同心出版社（现名北京日报出版社）出版。野莽老师完成了友人所托，同时也完成了一个文学青年多年的梦想。这六年之中，我们南北相隔，莫说见面，连音信也没有一个。因为那个时候，我也刚好从北方一家国企辞职而南下深圳，原来的联系方式，都已中断。

直到2006年夏天，我回甘肃张掖看望父母。途经兰州，与昔日同学相聚小酌。席间有同学说，不久前在兰州某处的一家书店看到有《白夜》和《高老庄》评注本出售。

还怪我有这么好的事都不跟老同学说一下。我听了又惊又喜。但没看到实物，还是不能相信幸福可以在最不经意间会来敲门。直到同学说了我在评注本的前言里写到的一些情节，我才意识到缪斯女神真的向我绽开了微笑。其时已经是深夜，那家书店已经关门。我盼不到天亮，睡觉是不可能了，就拉了同学不让走，要他们陪我喝酒到天明。最后他们都醉了，我却清醒着。

我迎着夏日清晨的第一缕阳光打车去了同学说的那家书店，在等待书店开门的一个小时里，我反复祈祷那两本书没有被人全买走。同来的同学醉眼迷离地说："哪有作者不希望读者买自己的书的，真是神经。"书店终于开门，我没有跟店员说要找什么书，我要自己找到她。没费太多工夫，我竟然就看到了书架上的《高老庄》和《白夜》评注本，首先看到的是书脊，我的名字赫然入目。我跟同学说："你看，谁说祈祷没有用？"

我当即买了书店里剩下的所有《高老庄》和《白夜》评注本。两种加在一起有十几本，书很厚，在柜台上摞起来，跟站在我们旁边的女店员一样高。店员清早才开门，一下子卖出这么多书，自然欢喜不已。但看着两个满身酒气的男人，就不无担忧地一再提醒："我们这里售出的书都是不退的哦！"

也就是在看到书的那一刻，我才知道，我那些年差不多已经放下的那一沓书稿，竟然在一年前已经面世了。后来，通过版权页的相关信息，我终于联系到了野莽老师，知道了出版过程中的种种波折。我也终于知道，不是缪斯女神对我青眼有加，而是有人将我推到了她面前。

也就是在2006年秋，我满怀感激与敬重，从深圳北上京城，终于得见野莽老师。当晚，老师特意定了酒店包房接待远道而来的我。还约了工人出版社的李阳老师，诗人黑丰，还有被誉为中国悬疑小说开山鼻祖的张宝瑞老师。这世上有一种人就像磁铁一样，总是能够把同一类的人，聚拢到一处。野莽就是这样的人。

　　席间畅谈，大家志趣相投，都有相见恨晚之感。野莽老师不善饮酒，但豪侠爽朗，为人坦荡。很多作家在文章中汪洋恣肆，可在日常言谈中却往往讷口少言，不善言辞。但野莽老师的口才和文章一样好，听他说话是一种享受。很少有人能够像他一样在随意的谈笑中也那么逻辑严密，富有思辨。这应该得益于他的博闻强记。如果把他即兴发挥的话记录下来，稍加润色，就是一篇美文，难怪他写文章能又快又好。他讲话中气十足，声情并茂，说起文坛掌故，更是如数家珍。有他在，就算是初次见面的朋友也不会冷场。他说有一年去开封，住在一位作家家里，看见书桌的玻璃板下，压了一张大钱，一张放大了的跟桌面一样大的壹佰元纸钞——名副其实的大钱。问作家的用意，作家说："馋嘴的儿子希望我的书能够大卖，就能挣到大钱，这样就能天天吃到大餐。因此特意放大复印了这张大钱，压在书桌的玻璃板下来提醒我。虽是小儿戏言，但每当我坐在书桌前，看见它，就想大钱得有大作来撑，遂不敢懈怠，不敢偷懒，更不敢糊弄读者。"这故事听了让人觉得有趣，更觉得难过。为天下的作家难过。野莽总能这样，在笑谈中也能一语道破生活的本质。因此，朋友们都爱听他说话。

　　此后跟先生的交往，就渐密渐深，由良师而至益友。野莽老师助人，是将你扶上马还要送一程。这就有了我后来点评的中篇小说集《废都》以及《秦腔》《纸厦》的问世。

　　当我完成自己的第一本长篇小说《玩笑》后，自然还是野莽老师倾力举荐。他找到了中国文史出版社文学编辑全秋生先生。全秋生是江西修水人，不仅是一位资深编辑，也是作家和文艺评论家。已出版散文随笔集《穿过树林》《北漂者说》，有散文入选《散文海外版》等选刊，散文《西四羊肉胡同》入选北京市初中语文试卷。文学编辑当然要懂写作，优秀的文学编辑往往本身就是一个好作家，像野莽，像全秋生。由作家来编辑文学书，是被编辑的作者之幸。全秋生是那种能够将作品"从作者所欲而不逾矩"的编辑，在作品的某些细节上，稍做润色，既合了规矩，又不失作品原味。这不仅需要一个编辑的责任，更需要一个作家的功力，秋生正好两者兼具。你看，我总是这么幸运。很有意思的是，我第一次联系全秋生先生时，神经搭错线，把"全秋生"看成了"余秋生"，直呼其"余老师"。秋生老师听了也不恼，戏谑地说："我姓全，没有一处是多余的！"我在微信里各种尴尬致歉。秋生笑着说："你也不是第一个叫错的。还有杂志社给我寄稿费直接写余秋生的，害我稿费都领不到。"这要编辑《玩笑》，却跟《玩笑》的作者还没照面就闹了一个玩笑。这在占卜学里属于吉兆。本来是初识，却因这一乌龙，倒很快消除了两人的距离感，一下子亲近起来。在往后的交流中，越发投契。秋生兄跟我年龄相仿，从此便兄弟相称了。

就这样，《玩笑》得以顺利出版。

在得知《玩笑》已经付印后，野莽老师的喜悦和激动犹胜于我。不仅第一个在朋友圈张榜公布，还形象地说："处女鸡下蛋的时候老母鸡的咯嗒声往往比她还大。"为此特地赋诗一首："举才未忘是凹公，十年已验金非铜。出庐敢向米兰笑，法上方有糖果丰。"（注：相识陈泽是贾平凹推荐。出庐、米兰，其长篇小说处女作《玩笑》与米兰·昆德拉小说同名。法上，见李世民《帝范崇文》，意即以最高标准。糖果，西谚有云："诗人与小说家死了，上帝请吃糖果。"）作为一个后学者，能够在摸索前行中得遇先生，就这一点来说，我确实比很多人都幸运一些！

很多人知道野莽乐于助人，有什么事找到他不会轻易推却。找他的人就越来越多，这无疑占用了他大量的时间和精力。但这似乎并没有影响野莽丰硕的创作成果，不能不让人惊奇而钦佩。我们来看看野莽已出版的创作书单：长篇小说十一部；中短篇小说集二十部；方志小说《庸国》系列五部；散文随笔集七部；学术著作四部；长篇人物传记《刘道玉传》一部（上下共八十万字）；电影剧本一部。全部下来，先生创作已逾千万字。真不知道，是什么样的一种动力能让他爆发如此巨大的能量。

　　思来想去，窃以为能让野莽笔耕不辍，著作等身的最大动力，就是他发自内心对人的关注和悲悯。熟悉野莽老师的人都知道，他豪侠、仗义、胸襟宽广、济困扶弱，并被他深深感染。读他的作品也是一样，能从暗夜中看见亮光，能体悟到一股浩然正气。生活中的一切，都可以成为他作品中的素材。遇到可慨之人，看见不平之事，他若不写出来，就难以消弭心中块垒。其长篇小说《纸厦》中的诗人于剑，原型就是现实中名动全国的诗人戈麦。现实中的戈麦与野莽如师如友，一如《纸厦》中的于剑与魏子野一样。在野莽读到戈麦在诗作《金缕玉衣》中的句子"我将成为众尸之中最年轻的一个"时，意识到这个年轻的天才诗人将不久于世。但后来得知戈麦交了女朋友，以为爱情能够消解诗人的决绝。然而，戈麦虽然没有割脉，但却自沉于西郊的万泉河中，将那喷薄的诗情永远定格在了二十四岁，实现了诗中的预言，也把自己的生命印在了诗里。戈麦是用全部的生命在写诗。野莽在《纸厦》中，几乎未加雕琢地将这一情节放在了小说中，对读者的冲击和震撼直击心灵。

　　野莽的大多数作品，都取材于身边这样的人和事，所以很容易引起读者的共情和共鸣。汪曾祺评价他的小说："写得平铺直叙，不搞突出，不搞强调，不搞波澜起伏，只是平平常常地、如实地、如数地把生活写出来。"但先生总还嫌自己写得不够好，他说自己喜动不喜静，又爱即兴议论，有什么想法都会说出来，这样的性格不适合"作家"，最理想的职业应该是去做律师。一个匡扶正义，惩恶扬善的律师。

　　这些年，我在深圳，先生在北京，两城相隔，天遥地远，联系只能靠鸿雁传书，难得相聚。2020年秋，我受邀参加由河北作协、湖北十堰电视台主办的"梅洁文学创作40周年研讨会"，与近十年没见的野莽老师再次重逢。被誉为"汉水女儿"的梅洁老师是野莽的同乡，也是至交。逢此文坛盛事，野莽老师依然对我不吝举荐，使我得到了与身份不相称的优待，令我惭愧。十年岁月，居然没有在老师身上留下什么沧桑的痕迹。先生一头黑发依然浓密，蓬松而茂盛，一如他张扬不羁，桀骜不驯的性格。这让我们很多早生华发的后生钦羡不已。

会议期间，我们去汉江中心的一个小岛上观光。岛上有农家饲养的孔雀，竟然是通体雪白的白孔雀。野莽老师看到了，欣喜不已，过去与孔雀说话。那天正好先生也是一袭白衣，谁想这孔雀见了，竟不离不舍，夫子步亦步，夫子趋亦趋，惹得先生童心烂漫，索性人雀共舞，好不惬意。此番白衣书生戏白孔雀的即兴表演，让同行者欢乐之余更是感佩不已。文人没有了酸儒气，就像僧人没有了香火气，商人没有了铜臭气一样，让人觉得可爱，可亲，心生敬重。

野莽看见不平事，总是义愤填膺，不鸣不休，遇见美好的人和事，也一样乐在其中，童心不泯。龚自珍诗："黄金华发两飘萧，六九童心尚未消。叱起海红帘底月，四厢花影怒于潮。"我觉得这说的就是野莽。

意外的周圆

　　周圆说艺术对他而言就是个意外，这让很多埋头扎进艺术陷阱中的痴男怨女孤愤不已。但周圆说得很真诚，毫无矫饰和造作的痕迹，他用不着那样。关键是他说得对，一语道出了艺术的真谛，本来，凡事不能先有个存心，一存心，就失真。多少艺术都出于意外而达于意中，如词之于诗，赋之于文，本来是为了好玩，却皆开了一代文学之先河。青出于蓝而胜于蓝，冰生于水而寒于水，都不是存心的。

　　周圆的意外，指的是他的随性。他是个走到哪儿算哪儿的人，而立之年放下一切去英国求学是这样，去了又舍弃赖以为生的空间设计专业而专攻艺术。现在回来亦是如此，一切随心而走，第一是要有趣。周圆的随性，不仅在于他对艺术的技法、取材，皆信手拈来，更在于他天马行空的表现形式。庄子在《齐物论》里说："天地与我并生，而万物与我为一。"这应该是道家"天人合一，万物有灵"最直观的表述。在周圆的艺术世界中，凡经其手的一图一形都被赋予了灵性，看似随意的即兴勾勒，却呈现出了世间百态，化呆板为奇趣，点俗物成妙境。周圆醉心于研究人脸，从千人千面中洞见人性，让观者醍醐灌顶，言之难尽其髓，唯有心照翕然。周圆还善于挖掘人性中最真实的欲望，他对男女性情中最原始欲望和困惑的表达，常常让我陷于其中而流连忘返。

　　我看周圆的画如读庄子，这倒让我颇感意外。周圆旅居海外这些年，竟然一直在追寻本我，当然这也不是他的本意，这是一种潜意识里不自主的回归。他的作品，常见到用西方的形来传达东方的意，有一种跨越时空的割裂感，呈现出一种视觉上的艺术张力。他还用世俗来阐释禅意，禅是中国的思想，用佛语表现却并不囿之于佛说。禅的根源在黄老，但周圆却并没有将其流入玄之又玄的那种虚妄缥缈之中，而是在世道人心中洞见了自我。

　　有行家看周圆的作品，常常醉心于他传神的绘画技法与构图巧妙，也有人看出了哲学的用意。这说得都对，但都不如我这样说得好。

宠猫

柚子才来时，只三个月大，温温怯怯地，什么也不敢动，只敢顺着墙根轻手轻脚地往前走。待它吃过三餐，睡过一宿，再出来时，像是变了个人，不对，像是变了个猫。猫行虎步，耀武扬威，一副当家做主人的样子。老婆说，柚子像是新嫁娘，第一天来矜持得像是客，才睡过一宿，就俨然成了少奶奶，哪哪都有它，什么都要管。这是真的，没几天，家里已经没有它没光顾过的地方了。

但柚子成不了少奶奶。柚子是一只小公猫，样子眉清目秀，腹部雪白，背部也白，但背部的白毛上浮着一层淡淡的藕色，像是笼在美人发髻上的一层轻纱，似有还无。这一层轻纱从头到背再到一穗长尾，渐行渐变，渐变渐浓，直到尾部就形成一环一环的条纹，终而在尾梢聚成浓浓的黛色，像是蘸了浅墨的狼毫笔尖，飘逸极了。柚子便时常竖着这一管毛笔装模作样地晃来晃去，像是随时要笔走龙蛇的书法家。可终究没有写出一个字来。柚子那么歪着头看人时，一对蓝色的媚眼常常流露出一副楚楚动人的模样，又时常做出低眉顺眼的样子莲步款款，颇有一种弱柳扶风的韵味。我们笑它不像一只公仔，前世一定是一个美人脱胎来的。其时柚子才只有三四个月，相当于小孩子的五六岁，还没有性别意识，全不以我们的取笑为意，依然我行我素地撒娇卖萌坐大腿，毫不掩饰地搔首弄姿，博家人的欢心。

柚子爱玩，自从它到了家里，齐整的生活开始变得凌乱起来。在柚子看来，这个家里所有的东西都是它的。没有什么是它不能玩的，但凡是能用它的小爪拨拉得动的东西，它便认为是它的玩具。不管那东西放在什么地方，用不了多久，就全到了地上，然后就不见了。但忽然哪一天，你从床脚边、沙发下找出来，它若在场，欢欣雀跃地立刻做虎扑狼突之势，欲捕之而后快。为此，我特意给它买了许多猫玩具，可柚子并不爱玩，大多看一眼就丢在一边不理睬。这要怪我，"我非猫，安知猫之乐！"在柚子眼里，什么都是人用的才好，什么也都是人吃的才香。我们手里拿了什么它就要玩什么，随手攒个纸团丢给它，也能不厌其烦地玩半天。连我的拖鞋它也觉得好玩，跟着我的脚追进追出地忙个不停。你要不小心掉个什么东西在地上，还没来得及弯腰，它扑过去拿了就走。这时，两只小"手"换来换去地拿不住，像是蹩脚的杂技演员双手抛了几个圆球在空中，顾了这个顾不了那个。一阵手忙脚乱后，东西还是滚在了矮柜下。柚子伏地伸"手"去够，可怎么够也够不着，遂一脸无辜地走开了。

　　我没见到过谁像柚子这样，好奇心这么大，而胆子却这么小。柚子是对什么都好奇，但凡它没见过的，总是忍不住要去动一下，动又不敢贸然大动，总是先怯怯地一触一碰，一碰一触，几次三番地试探之后，发现没有危险，才敢肆无忌惮地尽情玩耍。到家里没多久，它的调皮天性逐渐显露，在家里爬高下低，无所不至。人洗澡柚子也觉得好奇，趁人不注意溜进浴室，踩了满手满脚的水，在地板上落下一地梅花。可柚子一直怕"小宝"，小宝是家里的扫地机，从柚子一进家门时就怕，畏如天敌。每当小宝扫地时，柚子或者躲得远远的，或者藏在墙角，把自己弄得很隐蔽，不让小宝看见它。还时常做出鼠步蛇行的样子埋伏起来，打算偷偷地给小宝来那么一下。几次都已经扑到了跟前，看小宝一动，倒把它自己吓得一蹦，弹开老远，惊慌失措地藏起来观察小宝的动向。可小宝对柚子视若无睹，依然若无其事地该去哪儿就去哪儿，这让柚子觉得很无趣。一次，柚子最喜欢玩的一个橡皮圈不见了，它没日没夜地到处找，连家里的三个人看着都替它着急，可就是找不到。最后还是小宝帮它找到的。当我从小宝的垃圾盒里帮它拿出橡皮圈时，柚子开心极了，叼着橡皮圈玩了一个下午。可它还是怕小宝。

柚子除了躲小宝，有时也会故意躲我们。什么东西都能够成为柚子的隐蔽点，它把自己藏在桌腿后，沙发下，窗帘后，一只拖鞋也能让它隐下半个身子。虽然常常把耳朵或尾巴露在外面，顾头不顾腚，但它认为我们看不见它。我们就顺着它装腔作势，当作很认真地四处找，"柚子，柚子"地喊个不停。它就在我们猝不及防中忽然冲出来，吓我们一跳，也吓它一跳，再找个地方继续躲起来，如此反复，乐此不疲。可不管怎么乐，柚子也不会笑。

　　柚子是什么都好，可就是不会笑，玩得再开心也不会笑，真替它着急！

　　柚子爱吃，还爱干净。人说"狗吃剩饭，猫爱新粮"，这是真的。柚子每一顿都要吃新放的猫粮，若有剩粮，必须先清理出去，洗干净它的碗碟，不洗它就不吃。吃完了舔嘴抹舌地要"洗脸"，左手右手地搓着洗个没完，就像是要去见崔莺莺的张君瑞。柚子还挑食，一连几天同样的东西给它，它就吃厌了，碗碟洗得再干净也不吃，嗅一嗅就走开了。老婆就变着样儿给它换口味。今天煮鱼，明天煮鸡，还说柚子爱美，不喜欢把食物放在黑色碗碟里，所以不吃，就给它换了白碗，竟然真的吃了。虽然有这样那样的穷讲究，可柚子终归还是一只猫，是猫就嘴馋。柚子馋的时候一刻都等不得，围着给它煮鱼煮肉的小锅团团转，又怕烫着它，把它关在厨房外，它两爪扒着厨房的门站起来，能一直站到门打开。把切碎的鱼或鸡给它，此时已急得什么似的，哪还管什么白碗黑碗，只顾把头埋在碗里，吃得嘴里呜呜嘟嘟地喘不过气来。

　　想起小时候家里都养猫狗，那时日子艰难，不到逢年过节见不到肉。偶尔动一次荤，人馋，猫狗也馋。我爹在剁肉的时候，总是会拣一块两块扔给候在旁边眼张骨碌的猫狗。我妈见了说："人还没吃呢，你倒先给了猫狗。"爹笑一笑："人能等，猫狗不懂人言，等不及。"也就是那时，在我心底便种下了待众生要存有一种无差别的好意。

　　柚子等吃是等不及，但柚子等人却极有耐心。柚子是太黏人了，人到哪儿它到哪儿，连去洗手间也跟着，你关了门，它就在门口蹲着等你，你早上要出门去了，它送你到门口，晚上多晚回来它还在门口趴着。晚上睡觉，把它关在卧室外，它就在门口一直守到天亮。

柚子刚来的时候才只三个月大，时间刚好也在三月。更深夜长，乍暖还寒，老婆怕它晚上睡在地板上凉着了，总是在它爱睡的地方铺一块毯子。一夜还好几次地去看它是不是睡在毯子上。我说："柚子不会冷的，它穿着毛衣毛裤还有毛袜子，怎么会冷？"现在天热得不吹冷气睡不着。老婆又担心柚子热着了，说："这么热的天，它还穿着那么厚的毛衣毛裤毛袜子，怎么睡得好？"又蹑足潜踪地起身探看。才一开门，发现它正临门而卧，倚槛追风，睡得好不惬意。

其实不拘冷热，柚子睡得比我们都好。吃饱了倒头就睡，玩累了趴下就睡，坐在你旁边，也能随时随地打盹儿。柚子没念过"春有百花秋有月，夏有凉风冬有雪。若无闲事挂心头，便是人间好时节。"的诗句，但它绝对不会有"闲事"挂心间，所以不管是在寒冬酷暑中，还是在案几椅凳上，都可以酣然入梦，长睡不起。我肯定唐伯虎的诗"不炼金丹不坐禅，饥来吃饭倦来眠"就是照着柚子写的。柚子不炼金丹不坐禅而能深得禅意，让我仰止。

家人都说我总是宠着柚子。这我得承认，我宠它是有原因的。很多人可能不知道，猫的生命只有十几岁，我想要柚子在这么短的猫生里享受到尽可能多的快乐。更何况，柚子毕竟不是小孩子，现在又不用去学习考试，将来也无须去上班赚钱。你说，不宠着它点，行吗？

宠猫

文，作文

　　我的朋友建议我把文章写短一点。这让我想起了董桥的话，他说中年是杂念越来越长，文章越来越短的年龄。我的文章还不够短，说明我还未到中年。我就这样无来由地抗拒着。

　　不知不觉间，我已经到了不惑之年，可我却依然困惑着。回头看一看，发现必须搞清楚的事和说清楚的话实在太少。困惑就困惑着吧！其实庄子早就说了："吾生也有涯，而知也无涯，以有涯随无涯，殆已！"更早的时候，一位会算命的先生看了我的八字，说我属于大器晚成。于是，这么多年里，我便心安理得地消闲着。张爱玲说成名须趁早，我不急。生命的起承转合在多年前的那一个黄昏已有了定格，我急什么呢？！

　　最近又看《庄子》，说："循道而趋，已至也。"体悟到天地间自然万物都有各自的位置和运行的规律，唯有顺其自然，自可大道天成。凡事不可强求，想世间万物的关联，都是有因缘的。

　　自然讲因缘，作文也是有因缘的。一篇文章今天写和明天写，出来的样子会完全不同，就是长短粗细有时候自己也做不了主。有话则长，无话则短，激奋时磅礴而至，恬静时细水长流，关键是要发乎心而达于意。沈从文说文字如同一种情绪体操，一个习惯于情绪体操的作者，服侍文字会觉得比服侍女人还容易。用简单的话阐释复杂的事，这是比较成功的一例。

　　关于作文，本来以为有很长的话要说，写到这里，发现很多话其实都可以不用说的。我听朋友的建议，这样陡然而来，戛然而止，妙就妙在够短，才开始，就已收尾，使读者根本来不及厌烦，反而让人低徊不已！

　　但用这样的方式来服侍女人，怕是不行的。沈从文说得真对。

梦，做梦

明人赵南星编撰的《笑赞》里面讲了一则关于做梦的故事：说有赵世杰者半夜睡醒，语其妻曰："我梦中与他家妇女交接，不知妇女亦有此梦否？"其妻曰："男子妇人有甚差别？"世杰遂将其妻打了一顿。至今留下俗语云："赵世杰夜半起来打差别。"用这个故事做开篇，我是想说，是人总要做梦的。至于梦境有没有差别，当然是有的。世间万象，各有不同，现实尚且如此千差万别，梦境自然也不例外，同床异梦是一定的。试想一下，要是大家都做一样的梦，那世界岂不乱了套。就算是睡在一张床上的人，要是真的同床同梦，那也是件极其骇人的事。当然，我这里说的差别，跟赵世杰打差别的差别是有很大差别的。这么车轱辘话轮着说，不会有人打我吧？

酒有名酒，色有名姬，食有名吃，文有名著。说到做梦，这梦也有名梦。南柯黄粱，就是世间名梦，千古流传，至今余韵悠悠。但这都不及庄周梦蝶的意蕴来得深远。中国文化史上那个最有名的梦是庄周做的。"昔者庄周梦为胡蝶，栩栩然胡蝶也，自喻适志与，不知周也。俄然觉，则蘧蘧然周也。不知周之梦为胡蝶与，胡蝶之梦为周与？周与胡蝶则必有分矣。此之谓物化。"庄周这一梦，既是文学的，也是哲学的，虽然只有寥寥几十字，却将文学的想象和哲学的思辨融会贯通到了极致，使中国文人的哲思有了依托。但凡在仕途官场上不得志的士子文人，莫不以人生如梦来自我释怀。本来，在中国文化的根源中，孔孟只是术，老庄才是本。君子务本，本立而道生。

扯远了，跟说梦话似的，咱还是说做梦吧！

人大多数时候做梦，还是跟梦者所处的现实关联的，所谓日有所思夜有所梦。但又不完全关联，现实可能仅仅是一个触点，梦中却尽可以放诞。什么离奇古怪的人和

玩月记事

事都可能会在梦中出现，似乎又跟现实完全没有关系，这给很多研究梦的人带来了难题。既然是难题，解答的专家就多起来了。这就像越是疑难杂症，诊治的专家越多一样。而且这些专家只会治疑难杂症，普通的病症却无从下手。专家一多，解梦的话术也就各执一词，同样的梦在不同人的解读中常常大相径庭。试举一例：说是某副局长竞争局长，晚上连做两梦。第一梦见自己穿雨衣打伞；第二梦见墙头上骑自行车。次日找了一位专家解梦。专家说："穿雨衣打伞你多此一举；墙头上骑车是走投无路。看来你提拔够呛。"副局长听后郁郁不乐，病倒入院。有朋友闻讯赶来看望，知情后拊掌叫好，道："你这是好梦啊！穿雨衣打伞那是双保险；墙头上骑车说明你技高一筹，能力强。"副局长听了喜形于色，随即病愈出院。当然，这只是梦境与现实开的一个玩笑，当不得真。但梦境映照现实的情形我们在生活中还是随处可见的。

　　解梦已经成为一门学问被许多学者孜孜研究了。像弗洛伊德那样，从心理学的角度去推理梦境和现实的关联是否行得通尚没有定论，但似乎很难。因为此后再没有人做出更多的成果。对于这种无法证实也无法证伪的事，学术界也只能不了了之。相对于《梦的释义》，中国的《周公解梦》则务实得多。其中并没有可供推理的逻辑，更多的是经验之谈。目的是通过梦境的预示来指导现实的人生如何趋利避害，至于灵不灵，天知道！但事实上，《周公解梦》跟周公并没关系，都是后人的杜撰。至于为什么冠以周公之名，可能是因为圣人孔子爱做梦，又总是梦见周公，编撰者由此延展开来，冠以周公之名，为了能够让更多的人信服吧。跟现在网传的"鲁迅说"有异曲同工之妙。

　　周公会不会解梦是个悬案，但"梦周公"是有圣人做背书的，这一梦，就梦到了现在。人人睡觉都说梦周公，搞得好像自己也成了圣人一样。《周公解梦》是伪作，"周公之礼"却是真的。彼时商纣淫乱，周公辅佐成王定都成周后，制礼乐而规天下。礼制中规定男女成婚后方可行房，自此把夫妻同房称之为行周公之礼。

日有所思夜有所梦也仅仅是经验之谈的一个说辞，并不能概括梦的全部。事实上，往往日思夜想的人或者事却总是想梦而难梦，梦而不得，得而不遂意。梦而不得，那所思所想就只能是梦想，梦想是否能够实现，那要现实作为依托。但真正实现了的梦想，那还是不是当初的梦想，这也难说。

"世事一场大梦，人生几度秋凉"。人的想象难免受到现实的禁锢，总是有限。梦境要比想象开阔得多，因此梦里的景象也比现实更加跌宕起伏，有着超越一切想象的荒诞离奇。有人能够梦见从未去过的场景，但在未来的某一天，竟然真的到了跟梦境中一样的地方，恍惚中会觉得此情此景似曾相识。相信很多人都有过这样的梦与现实混淆不清的经历。有人就认为，梦境其实是另一个时空中自己的真实经历，甚至引入了平行宇宙或是多维空间的概念。说每个人在不同纬度的空间里，都有一个对应的自己。梦境是把不同纬度空间的经历混淆了的现实。这样看来，我们所处的现实，或许也只是另一个维度空间中自己的梦境。这听起来很玄，但细究一下，却又与庄子"不知周之梦为蝴蝶与，蝴蝶之梦为周与？"的说法归于一途。跨越了几千年，我们其实还在原地打转。或许，现实就是一个最深的梦境。老子说"玄之又玄，众妙之门"，梦境也许真的是人类窥见生命和自然奥妙的一个法门。但一切被证实之前这都被看作是痴人说梦。不过现在量子纠缠的理论被证实之后，似乎为这种说法找到了依据，但离真正揭开梦的谜底还很远。也许有一天能够洞悉其中的玄机，但真到了那时候，梦还是梦吗？

大多数人只有睡着了才做梦，但也有人不仅睡着了做梦，醒着时也做梦，这就是白日梦。但白日梦也不完全是坏事。弗洛伊德认为，大多数的作家、诗人和艺术家都是白日梦患者。这类人常常醒着也像是在梦中，梦中又似乎醒着，这好像跟庄周梦蝶的意象也有些类似。但庄周说的要比这个好，与其驱使万物如异类，倒不如让万物归于人世，相互一路有言笑。庄周的说法有文人的浪漫想象和对万物无差别的好意，要比弗洛伊德有趣得多。

无可奈何花落去

写完《似曾相识燕归来》的时候，有一个朋友看到后揶揄我："你应该先写一篇《无可奈何花落去》。"我反驳："这么颓废的题目，我不会写的。"他说："你迟早会写的，早写比晚写好，先写比后写好。花先落去燕再归来的时候还有希冀，燕先归来花再落去只能伤怀。"我不喜欢他这种自以为是的鸳鸯蝴蝶派论调，连辩论也觉得多余，干脆不理会。没想到竟然一语成谶，还是被他言中了。他这个人，跟我说的话，从来都是好的不灵坏的灵。我真不该认识他。

不知不觉地，我在现世中沉郁得真是太久了。随波逐流中，想要的没有来，想留的却漂走了。越是嘈杂，越是觉得寂寥更甚。按理说寂寥是文字的挚友，可我这大半年来，几乎什么也没写成。

我对自己的状态很不满意，我需要改变。前一阵买了一本梁文道的《噪音太多》，想看看这位仁兄如何在雅俗的界限中来回穿梭。梁先生文辞焕然中颇见性情，时常也有精彩的妙论，可那不属于我。文化意识和生活背景有太多差异，虽然有共识，但在这种穿越中并不是很对应。还是沈从文、汪曾祺和贾平凹与我更相近一些，我只能走属于自己的路子。

现今的世界，如梁先生所说，噪音真的太多。色彩也纷乱杂陈，以至于把耳朵和眼睛都蒙蔽了，听到的和看到的都不是本意。挖空心思去摸索和算计浮华下面的真相，于我而言太过劳心劳力，索性作罢。通信科技一日千里，一部手机把四方八门都罩住了。每天走在街上，无数个人对着一块塑料的或金属盒子哇啦哇啦地叫，似乎忙得不亦乐乎。想象一下，此时正由无数道电磁信号在我们的身体中穿膛而过，如果把这种景象用数码科技做成模拟影像，那将是多么可怕。这些科技产品，给我们带来了便利的同时也带来了不便。一个朋友跟我讲，现在不关手机闹得慌，但关了手机又总是担心错过什么，为此苦恼不已。真是有得必有失。好不容易约了几个朋友聚会，大家刚陆续坐定，李四打来电话说临时有急事来不了。有人就感叹该来的没来。正寒暄间，张三又接到一个电话说有急事必须要走。又有人惋惜不该走的却走了。本来兴致勃勃的几个人，顿觉无趣，你说多扫兴！回溯一下，往前再往前再再往前的那个时代，折一枝柳赠送给离别的朋友，说 声明年这个时候我去看你。天南海北，千山万水，明年这个时候再忙也要赶到朋友那里。因为他没有手机告诉朋友他来不了，他知道朋友在等着，所以就算是关山阻隔也必须来。

　　回望的时代，也许只是我们希望着的文化勾勒下的一个梦境，我知道不能做这种文化遗民。当梦境照见现实，连现实也虚无缥缈得像是投放在想象中的影子。目光和身体无数次在浮光掠影的缤纷世界里偎红倚翠，得到的欢愉却虚弱得如同秦淮河畔的后庭丝竹，没有真情实感可以依托。电影《盗梦空间》里，我们看到现代科技可以帮助设计梦境，但要求造梦师和参与者不能把记忆的场景掺入其中，否则自己的意识就成了自己的敌人。原来任何时候，人最难过的还是自己这一关，连梦里也一样。想想也真可怕，人可以说谎，可以买醉，可以随波逐流，但要是连做的梦也是被人设计的，那真是没劲透了。人生本来就辛苦，要是在梦里也被人算计，你说多丧气！

　　但该来的，终究还是会来。

　　科技的进步已经渗透到了生活的方方面面。不仅改变了人的行为习惯，甚至替代了人的思维方式。有了导航软件，我们出门不再用心去辨别方向和道路。跟着智能语音能把你准确地送达从未到过的任何地方。我的一个朋友，方向感强，别人找不到的地方他能找到，别人不认识的路他能走通。但自从用了导航，现在离开手机，竟也茫然如找不到家的游魂。机器在不断地进化，而人在不断地退化。只要一分钟，你就可以在搜索引擎上查到你想要的任何信息和知识点。这让人之前引以为傲的博闻强记黯然失色。

毫无疑问，科技的发展确实让我们的生活发生了翻天覆地的变化。也让人类社会的效率达到了前所未有的高度，以后只会更高。但我们也同时发现，人类的效率在科技的加持下越来越高，但人却似乎也越来越忙。这是一种什么样的陷阱？按理，高效率应该会置换出更多的时间，让人从忙碌中解脱出来，去享受高效带来的闲适。可事实似乎恰好相反。在一切都速成的时代，谁都慢不下来。"春风得意马蹄疾，一日看尽长安花。"一日看尽长安花跟一日只看门前的一枝花，究竟哪一个才更让人适意？这似乎是一个难解的谜题。我们现在从走路，到洗衣、做饭、扫地等俗务，几乎都已经可以被机器替代。但我们并没有因此而拥有更多的时间去消遣，去享受风花雪月。反而要用更多的时间去工作，从而获得拥有这些科技产品的使用权。如此周而复始，拥有越多，付出越多。人总是走不出自己给自己设置的迷宫。

就单纯从人对平安喜乐的感受来说，今天的人和一千年前的人，所拥有的幸福和快乐并没有实质的差别。甚至越来越偏离了生命的本意。因为种种干扰，今天的人更缺乏对自然的感知和融和，从而变得凌乱和焦虑。我时常迷惑，我们争分夺秒地跟自然较劲，究竟有什么意义？"人类一思考，上帝就发笑"，费尽周折，百转千回中可能还是在原地兜圈子。

这么一想，是不是就可以心安理得地去看门前的那一枝花呢？其实很难。白云苍狗，沧海桑田，该落的花终归还是会落。人世有一种解脱不叫解脱，是无可奈何！

伤逝

在一个雨后的黄昏，我一个人在居所旁的山径信步，残暮的清光在树叶的碎响中将去还留，树的影子渐渐地淡在了夜幕下，在光阴的伤逝中，留下了寂寥的夜。

在我这样独处的时候，你在做什么呢？

其实我知道，随着明日晨光的临近，今夜的思念也会变成回忆，在无数回忆的交叠中，感觉一切如同昨日。有哲学家说，任何人不能在同一个川流中入浴两次。其实川流是一直在不息中轮回着。这就不难理解有些回忆，总是愈久愈觉得清晰。我一个朋友说，最近见到了十年没通过音信的恋人，那个男人的音容样貌已经没有了往日让她迷恋的风采，可在他看她的眼神中，她还能读到往昔的影子，居然还是让她怦然心动。在感情的历程中，每个人总是把自己的初恋看得无比神圣，觉得那个时候的爱单纯而不带杂色，是真正的爱情。其实，这是自己放给自己的一个绚烂的烟花。神圣的不是那个时候的感情，是那个时候你纯美的心灵，你的眼睛不会去看到感情以外的东西，在你面前的就是一个纯粹的男人和女人。你更迷恋的是自己不带任何外在因素的心灵悸动，家庭和地位都不能约束你，甚至世俗也不能，清洁得毫无禁忌。如果是一对感情认真的人，谈第一次恋爱和第十次并没有实质的区别。在岁月的行程中，我们会碰到很多让自己心动的人。每一次都恨不得自己再回到十年前的光辉岁月，以为那样，就会使无数的幻想成为可能。可真的要是时光倒流，抹去岁月留下的五色斑斓，你一样还会在那个时候牵着那个人的手走到今天。

千百个朝朝暮暮的举案齐眉反而让我们觉得日子平淡如水。感情亦如平湖秋月，深而且静，在午后的秋阳中，掬起的回忆如窖藏的酒，泛起的涟漪如眼角的纹。

我们在这样的平淡中缓步前行，走得久了，就无聊起来！免不了有一个停顿。偶尔的驻足，却也依然能看见墙角有桃花艳艳地开，如同郁郁旅程中的惊鸿一瞥。人生的华丽总会在不经意中突如其来。一切情感在不经过世俗伪饰的时候，总是让人觉得非常纯美，仿佛杨柳发出的新枝，纵然有风尘弥漫，也竟然纤尘不染。

　　如同《失乐园》里的凛子之爱，什么都可以不管不顾。真实的故事比小说更让人震撼。主人公凛子的原型阿部定站在法庭上面对上流名媛的道德诘问时，她说：你们恨我是因为嫉妒我，你们羡慕我却又不敢像我一样去爱，是因为你们没有爱的勇气！爱让两个人超越了世俗也超越了死亡。我们被世事束缚得太久了，心上也被蒙上了茧，需要这种破缺之美让内心感动。

　　梁祝幻化为蝶，十几个世纪过去了，从魏晋的荒冢中一直飞到了国家大剧院的舞台上。在绛珠仙草魂归离恨天外，神瑛侍者却正在怡红院里等待着洞房花烛。打动人心的竟然都是悲剧。要让情爱升华为艺术，艺术需要凄美的灵魂做衬底！悲剧就是把美好的东西毁灭给人看，从这个意义上来讲，每个艺术家都是悲观主义者。只是在表现上有的朴素，有的华丽，有的沉郁，有的张扬。不甘平庸却又不得不身处平庸，就用积极的态度去面对并不乐观的人生，从而显得伟大。

　　胡兰成 38 岁时见到了张爱玲，此时已蜚声文坛的民国才女正值 23 岁妙龄。她说："原来你也在这里！"这么浅的话，这么深的情，丝丝缕缕沁入心的最深处。胡兰成当时听着喜欢，听过之后更喜欢。他说张爱玲是民国世界的临水照花人，把她当作了三生石上的旧精魂。从此如师如友，似妻似妾，亦念亦嗔。牵牵绊绊几十载，却终而形如陌路，令人扼腕！外人都为张爱玲叫屈，然而，"因为懂得，所以慈悲"，最懂得张爱玲的，归根结底还是这个负心人。

　　情爱一入世俗就容不得推敲，因为本来没有是非可以区别。就像宝玉跟黛玉说宝钗，黛玉啐道："我难道为叫你疏她？我成了个什么人了呢！我为的是我的心。"宝玉道："我也为的是我的心。难道你就知你的心，不知我的心不成？"就这样的两个人，说也说不透，讲也讲不清，可千言万语全在里边了。

早上翻书，看到一句词："小梅枝上东君信，雪后花期近。"然后就看到你说"人生若只如初见"，不禁黯然。

这么久没有音信，原来你一直在这里！

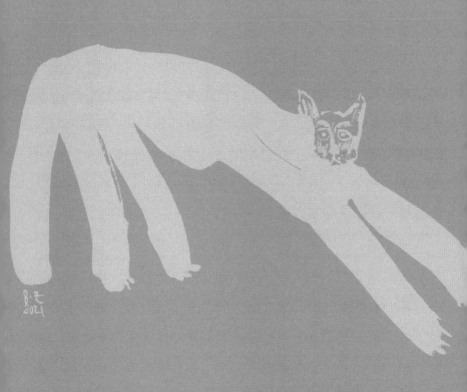

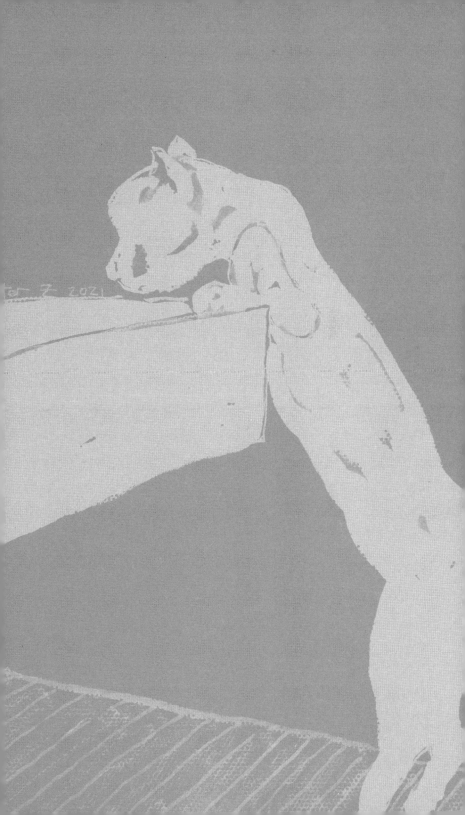

春疟

　　我的邻人养了一只猫，这几日情绪极为反常，每到晚间，便呼朋引类门前屋后地蹿跳，搞得四邻不能安眠。继而听到了隔壁新婚夫妇的呢喃声，再继而对门的鳏夫老王就有了悠悠的叹息。我知道，这是春天到了。

　　在这乍暖还寒的时节，总有一种恼人的意味。可惜这南国海滨，没有垂柳摇曳，春天到了，也没个寄寓处，只是一连几天的好日头，照着这些婆娑的树更加枝繁叶茂。这里的冬天实在太短了，这些叫不上名的树在还没有来得及伸一个尽兴的懒腰时，就被和煦而潮湿的风催动得再一次焕发了勃勃生机，一如这个城市的人们一样步履匆匆。比匆匆的步履更加躁动不安的，是被和煦的阳光蒸腾得蠢蠢欲动的心绪。总想着要做一些事，可又什么事儿都捉不到手里，凭空添了许多烦恼。人是极度的困乏，心也跟着受累，总想透透地睡个好觉，好不容易捱到节假日，清晨，正在睡梦中贪着那一份慵懒，却又被一阵鞭炮声惊醒了，知道那是有人要做了新妇。嘟囔一声："女孩又少了一个。"而后便再不能入睡，两眼盯着房顶长长久久地发呆。

　　再没有什么比闲着无事打发一个春日更让人烦闷的了。坐在屋里，四壁是空空的静，而心却躁动得不能安然，打开窗户，春便从窗外涌入，搅动的思绪起起落落，再也不能静下心来做事。拿书来读，字里行间全是枯燥，听音乐也失去了美感。脚步便随着心一起走到了街上，太阳暖暖的，女人的细腿上已有了裙裾在招摇。但早春的风却有着少女的矜持，不理睬太阳的热情，依旧冷冷地吹，吹得心便和裙摆一起打颤，涂了胭脂的小嘴嘟起抱怨天气的不尽如人意，红唇带着一种握得住的娇气。末了，向你绽一个笑，你便傻傻地愣神。感觉中春天是真的到了。

人头在街上涌动，影子如同热恋中的情人一样跟在身后一步不落，路就窄窄的瘦。都市的繁华之处越发热闹起来，熟识的人相互打着招呼。有一些毛头小子就和女人们说笑，女人们都打扮得羞桃醉柳，在太阳的烘烤下，极尽妖媚。不管燕瘦环肥皆身着薄衫，腰身就显得尽细，身子就拉得尽长。招惹得许多眼睛往这边瞅，女人们做不理睬状，却越发把胸部挺直起起的，极尽风姿，瘦的可人，肥的富态，收留着路人散落的眼珠，摆着柔如宋词中婉约派的腰，头那么微微翘着，对周围献殷勤的小子时而冷艳，时而娇媚，恰如这乍暖还寒的春日。

太阳也被自己的热烤得误了行程，日子便一天比一天拉长。当日头以一个巨大的圆滚在西边的山脊上将落未落时，街就显得空旷。偶有一两对情侣走过，楼下荒芜的草坪上有一群孩子在寻觅着新生的绿。楼上的窗口里就间或传来流水声、洗菜声、吆喝小儿回家吃饭声。小儿应着声走了一个，又走了一个，夜就降临了。

夜里，初春的凉意怎么也驱不散内心的焦躁，翻书来读，圣贤的文章进了眼中难入心中，明清时的禁书却一读就不觉到了三更。倦极而卧，得一梦，极艳。有娇靥、有朱唇，余者不可说，其间细节亦不可说。

噫，谁说春梦了无痕？

夏殇

多年来在不同城市之间的游走让我丢弃了许多可供唤起记忆的物品，唯一没有丢弃的是书架上的一排旧书。这些书的装帧都非常普通，其中也没有孤本或者绝版的珍品，以至于几年前家人从内地打包邮寄时说："邮寄的费用足可以再买这么多一样的新书了！"但最后还是寄了来。没事的时候随手拿下来翻一翻，尘封的往事就在发黄的书页中被连缀起来。买这些书的时候，我正在西北一个偏远的城市里读书。哪一本是哪一年买的确实已经记不清了——很后悔当时没在扉页上写下：购于某年某月某处。但书大多都来自学校旁边的那一片小店，小店的名字笼统而直接，就叫"书屋"。书屋的门面和它的名字一样，没有任何布置和修饰，质朴得让人找不到可以和它对应的形容词来描述。但我到现在还是牢牢地记住了它。当然，同时记住的还有书屋的主人杨老师。

杨老师是北京知青，最早在下放的乡村教书，因为课讲得好被破格调到了区卫校。但到了落实政策的时候，留在乡村的知青全回了大城市，他因为已在城市就留了下来。可过了两年，不知什么原因却被学校辞退了。被辞退的杨老师跑过几次北京，但最终还是回来了。回来后的那一年夏天开了这家书屋，可大家还叫他杨老师。我们也叫他杨老师。

书屋里新旧书都有，但更多的是旧书。旧书便宜，便宜我们也买不起，仅有的一点零花钱要买学习用的辅导教材。杨老师卖的都是闲书，闲书要用闲钱去买，我们都没有闲钱。但这并不影响我们对书屋的兴致，大多数时间我们只是在那里看书。一箭之遥的新华书店比这里大，也明亮很多，但那里不让进到柜台里面去。我们只能站在一米开外的柜台外向售货员要一本书，然后在售货员不耐烦的呵斥中匆匆翻几页，要么还回去，要么买走。这样，看书和买书的兴致就渐渐地被摧残殆尽。杨老师的书屋开张，就自然成了我们课余时间的栖息之地。

杨老师知道我们看的多买的少，但他总是不厌其烦地给我们介绍书。就从那个时候，我知道了托尔斯泰和陀思妥耶夫斯基。但我们不喜欢他介绍的书。那个时候正在流行武侠小说，我同伴的梦想是拥有一套金庸的全集。我也看金庸，但我更喜欢古龙，在书屋里我差不多读完了所有古龙的作品，但一本也没有买。第一是因为没钱，第二是有了免费的书看，谁还会掏钱再买！这种小小的狡黠杨老师自然是清楚的，他还是不厌其烦地给我们介绍书，没事的时候还给我们讲罗素和萨特。他书屋角落的床头常放着一本《存在与虚无》。他一讲起萨特就滔滔不绝，眼睛里都要放出光来。我们听不大懂，但从他的神情中可以感觉到萨特是个很了不起的人。不仅如此，我们也觉得杨老师是个很了不起的人，他懂得比我们学校所有的老师都多，不让他教书真是可惜。而每当我们问起他离开学校的原因，他总是避而不谈。少年的热情和流行的文化一样来得快去得也快。武侠的热潮过去之后，我开始读杨老师推荐的书。也就在那个时候，我感觉自己站在了缪斯女神的神殿下，从前面一级一级的台阶上远远地看到了文学殿堂的光芒。

真正买书就是从那个时候开始的。不知道杨老师从哪里弄来那么多半新半旧的书，有林语堂、梁实秋、汪曾祺、徐志摩、沈从文，还有钱锺书。我从书屋里买的第一本书就是钱老的《围城》，灰绿色的封面，1980 年人民文学出版社出版。杨老师说，别人的书可以不买，但钱老的书一定要买，中国像钱老这样的人已经没几个了，走一个就少一个！他的话我不大懂，语气中有一种不容置疑的魔力，所以我听得很虔诚。同时读到的还有顾城、席慕蓉和三毛。但让我读得辗转反侧的是那本《古今传奇》。里面记录的艳情逸事让那个年代我的懵懂青春蠢蠢欲动，想象时常穿越了时空，在亭台水榭的楼阁里梦里醒里都是苏小小、杜十娘还有那个待月西厢下的崔莺莺。那些香艳的故事情节中，书生皆俊朗多才，小姐则风流娴雅。枕席之欢常常在颇具韵味的四六句式词句铺陈中弥漫开来，香也香得别致，艳也艳得多情。中国的知识阶层真是天真烂漫得可爱，连床笫之间的描写，也儒雅婉约得如宋词中的湖光山色，疏秀妍丽得让人销魂荡魄。柔媚娇艳里，有脂粉香，更有墨香。墨色不仅渗了文人墨客的骨子里，也印在了秦楼红粉的眉黛间，否则怎么能够在朱唇酥手的柔光里还沁得出那么意境优雅的暖梦香雪。

青涩的青春记忆在似水流年的更替中氤氲朦胧，愈久愈甘。就如一枚初夏放在陶罐里的青杏，到了秋天拿出来，少了些成熟的醇香绚烂，却也酸甜可人，丝丝缕缕都是让人回味不已的尘影旧事。杨老师说得对，像钱锺书一样的那一代人在上个世纪末已经一个一个地走掉了。杨老师也走了。

我前年回了阔别十几年的故乡，那所学校还在，但校舍已经换成了高楼。旁边的书屋已经不在，说是被地产商拆了要盖新楼。可房也拆了，地也圈了，楼盖了一半却停工了。我进去的时候，原来书屋的那块地方，蒿草已长了半人多高。正有学生从旁边的校门涌出来，他们年轻的脸上朝气蓬勃，一如二十年前的我，对他们来说，我已经成了一个异乡人，看着他们背后沉重的书包，我忽然觉得那里面应该再也装不下杨老师推荐的书和那一个个香艳的传奇了！

记得我离开这个学校的时候，也是在这样一个夏天。临走的时候来和杨老师告别，他说他余生的追求和梦想就是把这个书屋做得久远。末了，却叹息他一生命途多舛，书屋的命运可能会和他一样！萨特只懂哲学不懂生意。果然，杨老师的夙愿终归还是未了。人世间山高水远，人和物都已成非。胡兰成说过，人生有时候真是明迷得使人糊涂，却又精密可靠到一点难差！确实，人生有许多不尽意，但我想，以杨老师的博学和豁达，他应该走得很洒脱。

秋之况味

　　秋已经是很凉了，我在书桌前已枯坐了许久。黄昏残阳的微光摇动着窗外的树影在暮霭中渐渐隐去。本来是有一篇文章要写的，可一个字也没写出来。写什么呢？真的没有什么可写的了！

　　在这样的一个暮秋的黄昏，一个人坐在书桌前搜索枯肠，实在是太无趣了。更何况鹏城的秋来得是这样晚，却又来得这样突然。这个时候北方的家乡已落了微雪，可南国的夏季似乎长得没有尽头。就在你一遍又一遍地凝视着窗前雏菊的茎蕊的时候，忽然就有了风，雨也淅淅沥沥地滴落于窗前，秋竟然倏忽而至了！随之，北宋刘子翚的一阕《蓦山溪》就浮上了脑海："浮烟冷雨，今日还重九。秋去又秋来，但黄花、年年如旧。平台戏马，无处问英雄！"戏马平台是当年西楚霸王在苏北彭城的练兵校场。想必现今的彭城，已没有了当年霸王戏马的平台。此鹏城亦确非彼彭城，真的是无处问英雄了！自然也没有了如旧的黄花，甚至连季节的转换也突兀得让你措手不及。就在你长长的期盼中几乎已没有了希望时，却又在悄没声息中给你一个突如其来的惊艳。由夏到秋的交替快得似乎没有过渡。犹如佳人爽约，就在你打算怅然离去时，却又忽然看见，湖边的倒影里竟然映出了那张在脑海中作念了千百次的笑靥。这比如期而至更让你觉得欢愉，有了一种超越失望的希望。

　　如果说春天是女人的季节，那秋天绝对是属于男人的。这样的苍茫肃杀，而又是如此的大气磅礴。总有一些事情要做吧？可平台有谁戏马，何处问英雄？我只能枯坐于书房里。书房的四壁倒也有一些线装的旧书。因郑板桥的墨竹、米芾的奇石都被富而且贵者收藏在了保险柜里。书房里挂着的只是几幅赝品。书桌的一侧倒是真的卧了一张琴。可惜不是古琴，也没有被烧焦的印痕。现今的人都这样匆忙，就算是真的还有蔡邕从那株已被投入火中的梧桐木旁走过，还能从他自鸣的清音里觅到知音吗？但在通往书房走廊上的那款条幅倒绝对是平凹的真迹。上书："人能读书即为有福，我欲去谤莫如无言。"在这样一个黄昏，还有什么比读一本旧书更相宜的呢？

更相宜的是读从旧书中无意中翻到的几年前友人的一封素笺。其中最后一段写道："前日寄《琴谱》已收到，正在练习，他日抱琴至府上与君鼓瑟。随信寄去涨潮《幽梦影》一本，我想你会喜欢！微雨，甚思酒，何日具鸡黍约我？"信的最后一句引用的是清朝的孙承泽写给挚友的一句话——"微雨，甚思酒，何日具鸡黍约我？"这么浅的话，这么深的情，难怪陆小曼给徐志摩的信中也这么写。友人恰好是一位才女，尤其在古典音乐方面有很深的造诣。我对音乐一窍不通，可也还算个称职的听众，她便时常抱琴而来，我再抱琴而去。董桥在看到这句话的时候说："雨冷，酒暖，书香，人多情！"秋日的黄昏读这样的信，人生还有什么不尽意的呢？然而，我现在的书房里有了一张琴，那个胡桃木的琴凳上却等不来弹奏的人。唯有琴尾上系着的一缕长发还在依稀摇曳着她的倩影。是她在黄泥小炉上为我煮酒吗？

在这样一个黄昏，伊人的琴声是听不到了。北海的风鼓动着故宫前叫不上名的树，婆娑的身影就这样周而复始地摇摆千年吗？可总有一些事情要做吧。

——蛇口的酒吧是不去了，古龙已经趴在桌子上睡着了，桌上放着半杯加了冰的残酒，我还去干什么呢？加州红的歌厅里传出来的新曲已填不进记忆中的旧词！我还去干什么呢？未名湖畔的杨柳依旧，可徐志摩的诗都没有人读了，我还靠在那条双人椅上能等来谁呢？然而，总有一些事情要做吧！把桌上的这一沓稿纸收起来吧。连贾平凹的书房门前都被丢了一地的板砖，我还咬着这支秃笔发什么愣呢？还要提着那盏油灯走上阁楼吗？踏在楼梯上已经没有了回声，老街拐角处的杂货铺已不能给你续上枯竭的灯油，不夜城里也已看不见鬼市的柔光，到哪里去换阁楼上那只停摆的钟呢？没有了幽柔的灯光没有了嘀嗒的钟声，你还上阁楼干什么？可是，总有一些事情要做吧？卧室里的床倒是诱人的，但在昨夜的梦境里，你却把所有的激情都洒在了秦淮河畔的红楼里！

玩月记事

冬恋

四季之中，我最偏爱的是冬。

在此之前，我写了《春疟》，写了《夏殇》，写了《秋之况味》。只有对冬不著一字，那是因为我有着我的私心。人有时候对太钟爱的东西，总是不会轻易示人。如珍藏之酒，如金屋之娇。

冬天因为冷，反而格外有一种温暖。冬衣，炉火，雪后的冬阳，午夜梦回的床褥，都有一种人世的亲切。寒冷和温暖在自然和人世的交替中过渡得这样无间然，让人觉得沉静而闲适。不似其他时节，总是匆匆忙忙地往前赶，让人有一种不由自主的惶惑和急促。董遇说："冬者，岁之余。"我们可以理所当然地说闲话，看闲书，想闲事，做闲人。忙他人之所闲才可以闲他人之所忙。冬者岁之余，词者诗之余，红颜者家室之余。所有这些于正统之余的东西，都让我无来由地喜欢！这种喜欢，不是人生雍容的消遣，而是不足，自有着一种超越目的的真心实意。

当然，我更钟爱的是北方的冬天，那里是我的家乡。家乡的冬天来得总是很早。农历十月刚过，树上的枝叶就一日比一日稀疏，终而片叶不留，稀枝疏干都毫无遮掩地伸出来，像无数的手在空中抓，可该走的无论怎么努力也抓不住，春华秋实都有了各自的归结。冬天就这样到了。

冬天到了，我最盼望的是下雪，那是童年最欢欣雀跃的记忆。学校门口的池塘里结了厚厚的冰。落了雪的冰面很滑，常常会有人摔倒，同行的不但不会拉他起来，反而会抓了雪灌在脖子里，女同学往往就被弄哭了。池塘的冰面上有很多被撬开的冰眼，我们围着冰眼捞上面漂着的冰块吃。有人不小心湿了鞋袜，自然会招来大人的呵斥。有一次我和阿生打了架，过后在池塘里玩，看着冰眼的水溢出来，渍湿了他的鞋，阿生还自顾自地懵然不觉，我也没有告诉他。想到他会被家人骂，竟有一种幸灾乐祸的喜悦。

有一年，大雪飞洒了一天一夜。天明起来，积雪拥门，需要将铁锅烧红了底，手执两耳推出去，才能开出一条雪道。放眼望去，天地苍茫，四野银妆。远山、近水、高屋、矮树，远近高低一片素白。雪后的白天，我们会约几个人，带上狗，到郊外去。在田野的界埂下，能够刨到被冻僵的野鸡，平时很机灵的山雀，喊一声就会从杨树上掉下来，那是狗子们的美味。有一次，我们居然逮到了一只出来觅食的野山羊。野山羊奔跑的速度很快，尤其能跳跃。但往往最突出的优点会让自己致命。它一跃而起，却落在了被雪抹平的沟渠里，四只腿深深地插在了积雪中，雪没至腹，动弹不得。那是迄今为止我最丰厚的一次捕猎。

最难忘的是我们还碰到过一只走散的狼（据说狼总是成群结队的）。狼的样子并没有想象中可怕，除了嘴稍稍长一点之外，其他和狗并没有两样，甚时个头比阿生家的狗还要小一点。发现它的时候，已近在咫尺。它站在对面直直地盯着我们看，倏忽之间，人和狗居然都哑了声，气氛一下子紧张起来。还是阿生家的狗壮着胆子吠了一声，其他几只也跟着开始聒噪，可四条腿还是钉在原地。这样僵持了一会，狼转身走开了，阿生家的狗作势要扑出去，但扑了几次也还是在原地打转。那只狼在群狗的吠声中不紧不慢地只顾走，没有回一次头，始终从容如一。这让我小小的心灵起了一种震颤。雪地里，看着它在山坳的斜径上踽踽而行，终而身形如豆，消失于莽莽旷野之中。我忽然有了一种难以名状的孤独和悲凉，心里不明所以，像是被什么东西刺了一下，感觉天地空空的。孩子的心里不存事，这种感觉划了一下就过去了，远没有现实的烦恼那么持久。何况我还惦记着捕猎的喜悦。

这样落雪的时节，到了饭时，几乎每家餐桌上都有一道野味。整个街巷里都会飘来香味，单是从街巷里走过也会觉得愉悦，人生世俗是这样的真实可感！

少年的彷徨和懵懂就这样一步一步地走远了，青春的记忆依然恍如昨日。感觉中离别总是在春秋，而相逢往往在冬季。在我离开家乡那年的冬季，我收到友人寄来的信，里面夹了一张粉色的信笺，上面有一首她自己写的诗："梅子将欲开，雪来君应来，制得薛涛笺，与君细细裁。"思念在雪夜里显得这么悠远绵长。让我想起你在飘雪的路灯下呵手的样子，及至近前，什么也不说，拉你的手放在手心，握住的是冰凉，享受的是温暖，连幽怨也带着化不开的亲热，有着一种自然新鲜的绵绵情意。

人世间的情意有了冬的历练会更加绵密深稳。就是天道自然中春华秋实的繁华与丰硕也需要冬的酝酿。这样落雪的黄昏，人迹鸟声俱绝，世界会在纷扰中一下子寂静起来。雪让冬夜格外地悠长静谧。围炉夜话，醒着也像是在梦中。人生短促，而雪夜中的岁月是那么绵长，梦不尽的人世悠悠。

过年

　　我答应了一个朋友要写一篇关于过年的文章。可年都过去了，却迟迟没有动静。我就这样一如既往地懒散着。其实也不能说我懒散，因为我要过年呀！都说年好过，月好过，日子难过。因为年好过，人总是盼望着过年。不管是通达显贵还是缁衣伶工，生活总得有个盼头，否则，这么长的日子可咋过呀？我是从小到大都在盼望着过年，由此而常常被人嬉笑。可我想要是一个人连过年都不盼望，那将是多大的悲哀啊！不是身死，就是心死。

　　过年是中国人最具传统意义的一个文化元素。全世界再没有哪一个节日像中国年这样庄严、隆重、热闹。在现实的安稳中渗透着一种可预期的跌宕与喜悦，是全民共同守候的一个心灵约会。到了过年这一天，不管是天涯海角的游子，还是客居他乡的旅人，都要想尽办法回家。哪怕家只是一个穷乡僻壤的茅庐。实在回不了的，心心念念也都在童年记忆深处的那一方乡隅。这是西方的圣诞节所不能比拟的，圣诞节是宗教和神意的产物。唯有中国的年包含了文化的传承、人世的信实和自然的天意。年一过，大地复苏，万物开始新一轮的生发和轮回。"天增岁月人增寿，春满乾坤福满门"这种天人合一的意味，在气象上要比圣诞节那种单纯的宗教和神意开阔和大气得多。中国的过年更贴近自然，道法自然。

　　本来，四季的轮回是自然的天意，我们在平凡的日月中并不觉得有多少新鲜和喜悦。过年，让我们在如水般流淌的时间上有了标记，给平凡碌碌的人生划分出了段落。

一年过去了，不管是辛苦还是舒适，失意还是成功，总要过年呀！从置办年货开始，新的希冀就随着春天的气息弥漫开来，所有的烦恼失意和不如意统统抛诸脑后。都要过年了，不能把烦恼带到明年呀，年初一不快乐，一年都不快乐。相反，开心的得意的成功的快乐却可以延续。都要过年了，开心了一年明年应该更开心呀，年初一开心一年都开心。在贫困饥荒的年代，过年的意义更是非同小可。再穷困的日子，过年总是要吃顿饺子吧，而且一定要吃饱。话说李自成率众征战十几年，终于推翻明王朝，入住紫禁城称帝。一时志得意满，心花怒放，问追随多年的兄弟们最想过什么日子。兄弟们说最想过年。李自成一时兴起，说那我们就每天都过年。没想到此时的闯王已贵为天子，君无戏言，说出的话是金口玉言。本来命中有十八年帝业的李自成，仅仅在京城呆了十八天就被吴三桂和清兵击退，成了游寇。民间的传说虽然不一定靠谱，但年虽好过，若没有日月的积累，违背自然的天意，乐极自然生悲。

现今，贫困饥荒的年代虽然过去了，但过年的意义依然根植于心。过年了，不管是大人小孩，还是要添置新衣，摆上盛宴，似乎要把一年的辛苦都吃回来。要在短短的几天里享尽人世的繁华和热闹。过一个肥年，再多的辛苦和劳累都会在觥筹交错中安然一笑。都说过年半月闲。怎么能闲呢？因为是过年，凡事不可以草草，但若还做正经的营生，那就可惜了这年节的光阴。在这个传统的习俗里，有很多禁忌：不洗浴，不劳作，不生气，不打骂孩子，等等。传统，是一种渗透在民族血脉中的潜在记忆，我们享受着这样的人世的安稳与喜气，怎么能不盼望过年呢？

说实话，中国人是烦恼和忧虑最多的民族。古人说"人无远虑必有近忧"，我们用太多的时间和精力算计着生前身后事，在蝇营狗苟的琐事中消磨日月，现实太多的无可奈何让我们成了一个无可无不可的民族。过年，像是在沉郁忧闷的情绪上打开的一个天窗，让我们成了最易于排解压力和烦恼的乐天派。在这种张弛的平衡中，中国人也成了世界上最坚韧和生命力最强的民族。试想一下，如果不过年，我们怎么能坚持这五千年的生生不息！

聊发少年狂

苏东坡被贬为密州太守时常常率众狩猎，填了一首《江城子》："老夫聊发少年狂，左牵黄，右擎苍。锦帽貂裘，千骑卷平冈。为报倾城随太守，亲射虎，看孙郎。"我很喜欢其中"老夫聊发少年狂""千骑卷平冈"的豪气。在这个秋日，我也效法子瞻，发了一回少年狂。骑自行车从深圳市区到东部海岸背仔角折了一个来回，虽然没有千骑卷平冈的豪壮，却也七八骑穿山越岭，卷过了梧桐盘山道。

其实，我远远没有子瞻当年那么老。只是与我随行的都太年轻，最年轻的那个出生的时候，我已经开始学着给女同学写字条了。我现在的这帮朋友，精力过剩。人都是正经人，可无所事事的时候什么都干。羽毛球也玩，足球也玩，今天摄影，明天钓鱼，忙得不亦乐乎。贾平凹说过，人无嗜好不可交！我就和他们成了关系死死的朋友。这些日子，这帮爱好迥异的人却无一例外地迷上了山地自行车，自然要拉我入伙。算起来，不骑自行车已经有十年了。我对自己能否骑车翻过梧桐山的盘山公路还是有点担心。

他们说："下午骑到海滩边，吃烧烤，喝啤酒。"

我说："我只能骑到仙湖植物园。"

他们又说："夜宿海滩能够听潮起潮落，朝迎霞光可以看云卷云舒。"

我说："我只能骑到明斯克。"

他们最后说："××，××，××（作者隐去三个人名）都去，你不去？"

我说："那我去。"

不能不说，我是个经不住诱惑的人。这帮人，我喜好什么他们都知道！

出行那天，深圳骑舰车行的老板大雄给我提供了车辆和头盔。同行的帅哥靓女都比我资深，我算是队伍里年龄最长的新人。看着他们全副武装，行头专业，我随意的装束配上一个头盔就显得不伦不类。这招来了大家的嬉笑。我不介意的，出类拔萃是我的风格。能给大家带来欢乐，我的心情也一样地愉悦。

单是起程已经这样精彩纷呈，接下来两天的行程怎么能不让人满怀期待！

装束齐整之后，我们从罗湖出发。穿过东湖公园，过涵洞，攀天桥，七拐八拐，轻车熟路地上了罗沙公路的辅道。颇为壮观的队伍和专业的装备一下子成了一道风景，引得路人注目。往常开车，我也会经常在深圳看到这样的骑行者一闪而过，很酷的样子。当时还以为他们都是专业的自行车运动员出来拉练。进入这个圈子才知道，原来他们其中的大多数都是业余爱好者。没想到今天我竟然也成了其中的一员，心里颇为自得。

从罗沙公路到梧桐山盘山道的路线都比较平缓，除了要注意避开呼啸而过的机动车外，没有骑行的难度。我们用了三十分钟就顺利到达梧桐山脚下。稍做休整之后，开始了盘山跋涉。时间正好是午后，南国海滨的秋阳丝毫不减夏日的热情，烤在身上如灸如炙。头发上是汗，眉毛上是汗，鼻子下巴上都是汗。每个人的衣服都已经湿透了，大家都不吭声，只顾着弓着身子用力地踩。感觉最重的不是车，是腿。上坡，下坡，再上坡。每一个上坡的艰难之后总会有一个下坡的顺畅。人世的哲理本来不在书房的书架上，原来自然之中随处可以见得。骑完二分之一的山路之后，发现最辛苦的也不是腿，是屁股。儿子幼儿园的老师问小朋友："人身上什么最懒？"小朋友回答："屁股最懒！"理由是别的器官工作的时候屁股总是坐着。这个时候顾不上想这个，但屁股真的很痛。我们只看到了别的器官工作的时候屁股总是坐着，但却忽略了别的器官休息的时候屁股还在坐着。坐在沙发上倒也罢了，但现在长时间地坐在自行车座上，那就很要命。每次用在腿上的力，总是无一例外地转嫁给了屁股。如此周而复始很多次，屁股替整个身体受了难，有嘴也说不出一个"疼"字，再疼也只能忍着，也不能拿出来给人看，连一点同情也博不到！

终而，我们上了山顶，一路呼啸而下，过了大梅沙，过了小梅沙，到了目的地——背仔角。

背仔角地如其名，处在海边一隅。同伴们之前的描述丝毫没有夸张，真的有烧烤，有啤酒，有夜风习习，有海涛阵阵。最可喜的是沙滩上除了我们再无别人。少了外人的干扰，一帮朋友可以敞开心扉恣意玩乐。青春自有一种情意在，调笑和喜乐都那么无间然，皆发之于情而止之于礼，有一种随性自然的畅适。偶尔的情话和亲狎也都是人世满满的喜悦，像孩童的清洁无瑕，就如同月光下海滩上泛起的浅浅细浪，全没有暧昧和私情的用意。

夜里，躺在海滩上搭起的帐篷里，听海浪潮起潮落，想起东坡《江城子》的下阕："酒酣胸胆尚开张，鬓微霜，又何妨，持节云中，何日遣冯唐？会挽雕弓如满月，西北望，射天狼。"看远处渡轮上有灯一明一灭，酣然而卧，竟然连梦也没有一个！

是为记！

中年

　　在我还是个孩子的时候，总是觉得日子过得很慢。有时候为了大人们的一个许诺，连一天的时间都等不及。白天长得没有尽头，连夜晚也长得梦不到边际，做梦都是悠长悠长的，没有起点也没有终点。那时候看了一篇文章里写夜晚黑得"伸手不见五指"，等不到天黑，就迫不及待地想看看，伸手是不是真的看不见五指。好不容易挨到了天黑，可在长长的等待中，早忘了伸手，再想起来时天又亮了。懊恼得恨不得伸出五指扇自己一个耳光，可那有什么用，天已经亮了，扇了耳光也能清清楚楚地看见五指。再等一个夜晚那是多么漫长啊！

　　在这种孩童的烦恼越来越淡薄的时候，日子却一天一天地加快了。其实时间并没有真的变快或者是变慢，变快的是人对时间的感知。有科学研究认为，不同年龄对时间的感知确实存在差异。这种差异主要来自生命对时间的经历，与当下某一时间段的相对值。相对值越小，感知中的时间就越短。也就是说，在一个三岁的孩子的感知中，一个月相当于他生命历程中的三十六分之一，所以很长。但对于一个三十岁的成年人来说，一个月只相当于他生命历程中的三百六十分之一，因此很短。照此类推，年龄越大，自然会感觉时间越短。

　　当你觉得日子过得飞快时，那你正在慢慢变老。也不知从什么时候开始，午饭还没消化，一天已经过去了；打算约见的人连一个电话还没打，一月已经过去了；制订的计划还没开始实施，一年已经过去了。就在这样年复一年的消磨中，鬓间有了白发悄无声息地往上爬。等你发现还想负隅顽抗时，居顶的山头上已经插上了白旗，四周也遥相呼应，呈合围之势，叫你瞻前不能顾后。有些人还不甘心就此缴械，用各类"一洗黑"往头上抹。白旗是抹掉了，但黑发却越来越稀，再抹，索性连白旗也不竖了，秃给你看！

单是容貌上的改变也就罢了，反正大多数人也都不是靠脸吃饭的。你每天走在人群里，前后左右都是新鲜活泼的年轻面孔，一个个愣头愣脑喜气洋洋地扑面而来，一副紧追不舍要在弯道上超车的架势。光阴这么短，如花美眷，怎抵得过似水流年！谁还没有年轻过呀？世界这么大，你要急，尽管往前走，我都已经不惑了，还管你超车不超车。

这便是中年！

中年既然是岁月不请自来的债主，推又推不掉，那就笑脸相迎，坦然面对。年轻固然有各种好，那种种的好中年一样不落地都经历过了。但中年的好，不是你心急就能获得的。李宗盛在他一首《她的温柔》的歌词里写道："她的温柔，到这个时候，开始会变得不轻易表露；她的温柔，是一种火候，不是哪个青春小妞随便可以学得走。"这是只有在经历了中年才能有的体悟。

中年经历了人来人去缘起缘终，懂得"未知来生相见否，陌上逢却再少年"，知道情缘难得，不轻易说忼离；中年经历了风花雪月，懂得"山月不知心里事，水风空落眼前花"，知道什么人该珍惜什么人该放下；中年有了家庭和孩子，伴随孩子成长，懂得"尊前慈母在，浪子不觉寒"，知道感恩，尊崇孝道；中年历经世事，懂得"假作真时真亦假，无为有处有还无"，知道人世沧桑，世情冷暖，遇事不勉强，不苛求；

中年得到过也失去过，懂得"如此好花如此月，莫将花月作寻常"，知道立足当下，知足常乐。

中年是人生的盛宴。中年一步一步走来，收获了丰富的阅历和人生的体验，虽然年轻的容颜不在了，可中年有故事啊！经过岁月的浸润和世事的磨砺，中年不再那么锋芒毕露，更多了一种沉稳内敛。没有棱角的中年更显出生命的丰润，不会像年轻时闪一点火星就爆炸，给一点阳光就灿烂，更多的是包容与沉静。中年不会随波逐流，人云亦云。不会赴没有意义的宴会，不会追似是而非的潮流。在纷乱杂陈的世界里，中年既是参与者也是旁观者，能理清头绪，能看清世事，遇事不慌乱、不退缩、有担当，也能担当。差不多所有有成就的作家、艺术家、科学家，最伟大的作品都是中年时完成的。如果把人生的历程看作是一次登临，人到中年正好是即将登顶或已经登顶的阶段。回头看看，不管是一路坦途，还是崎岖沟壑，总有无限风光。往前的路，则走得更从容。

中年听得多，说得少，知道有些话多说不如少说，少说不如不说。所以杂念越来越长，文章越来越短。

四十不惑，惑依然惑。老尽管老，干卿底事？

社火

小时候，我总是盼着过年，因为过年可以看到社火。

在那个物质匮乏的年代，能供给的精神食粮也一样乏善可陈。过年的社火算是丰盛的娱乐盛宴了。当然一年也有几次电影可看，但电影缺乏参与感，我更喜欢社火的热闹所带来的人世的烟火气。

陆游在《游山西村》中写道："箫鼓追随春社近，衣冠简朴古风存。"这里的"春社"，说的就是社火。作为一种民俗古风，社火由来已久。关于社火的起源可以追溯到上古时代，古代的驱邪、祭祀活动就是现今社火最早的雏形。"社火"的"社"在古汉语中就是指祭祀土神，还有一种祭祀方式叫"燎祭"，意思是用火向祖先或上天进行祭祀和祈福，这应该就是"社火"最初的本意。有志书记载，早在黄帝时期，每年开春，民间会表演一种叫《清角》的大型歌舞，用来预示一年风调雨顺，寄托人们对美好生活的愿望。用这种考证的方式去追根溯源颇为无趣，倒不如民间的传说有意思。说是很久以前，有一个王叫苗庄王，或者叫妙庄王，究竟是什么庄王，这谁说得清！这个庄王有一天被敌军困在了锁阳城，眼看城破命危，就召集大臣商量对策。有大臣献计："过几天就是春祭，我们借着出城祭祀土地神的机会，可以让大王扮成将军，部将扮成随从，士兵扮成鼓手，打上彩旗。大王您反穿皮袄，画上鬼脸扮小丑，王后扮成麻脸的媒婆。我们出城拜祭，趁乱大王和王后就可以脱身了。"庄王听了依计而行，果然得救。后来又举兵破敌。臣民们认为这是逢凶化吉的幸事，就在每年春祭时，依照庄王出城的样子组成拜祭的队伍举行祭祀。久而久之，流风遍及，就有了现在的"社火"。

既然社火是由祭祀而来，那就必须要有特定的仪式。社火又与火有关，那带领社火队的官，就叫"灯官"。

年初三这天，是社火队首演的正日子，不能马虎。社火队首先要拥簇到灯官老爷家里，或是到老爷所属的宗族的祠堂，请老爷上轿。灯官老爷是社火的核心，非宗族中德高望重的长者不敢随便出任。灯官要头戴乌纱官帽，身着大红蟒袍，差不多是宋明两朝七品县令的装束，但也不会完全依制而行，毕竟，不能用前朝的制来限制当朝的官，何况还是一个民间社火中的灯官。灯官的家人和亲朋好友要给老爷披红戴花，房屋的正厅或祠堂早已摆好各类面食及瓜果祭品，灯官对列祖列宗的牌位上香，三叩九拜。然后祭酒三杯，一杯祭天，一杯祭地，一杯祭祖先。祭祀完毕，要为灯官老爷穿戴官服，披红戴花，此时灯官老爷已被包裹成了一个红人。接着燃放鞭炮，击鼓，奏乐。地铺红毡，队列两排，请灯官老爷上马。马是事先备好的红色高头大马，也要马鞍披红，马头戴花。老爷在众人的簇拥下上了马，最前面有八个旗手开道，后随两个差役，马后面身着彩衣的武生和花旦列队而行。一时鼓乐喧天，彩旗飘扬，灯官老爷开始跨马游街。

游街的路线以村镇的主要街道为主，但必须经过春官和麻婆（又称媒婆）的家门口。此时，春官和麻婆早已装扮停当。待灯官老爷一到，就被众人推搡着从老爷的马肚子下面钻过去，这就算是完成了入队仪式，也同时赋予了他们在表演中戏弄别人的权利。春官和麻婆是社火队中的一对丑角，一男一女，但都是男扮女装。春官的装扮是反穿皮袄，脸抹黑灰，手里拿个烧火棍；麻婆则穿绿袄，戴红花，脸上麻子点得满天星，斜挎一个篮子。最卑贱的春官和麻婆却要最高贵的灯官老爷来请，而且最后入队。这似乎也印证了庄王出城的传说似乎也不完全是空穴来风。

春官和麻婆一入队，社火队的人马算是齐了。接下来开始"传火"。一时鼓乐齐鸣，所有的表演者开始随乐起舞。从大街小巷鼓舞而过，边走边舞，逶迤前行，整个街巷就锣鼓喧天，热闹非凡。"传火"是向村民宣告社火队已开始演出。村民活动的随意性很强，也没有准确的时间观念，出门碰见什么事就做什么事。社火队从街上走过，观众就越聚越多，皆尾随而行，也有好事者会插入队中，跟春官和麻婆逗趣，参与和围观的群众越多，乐器班就吹打得越起劲，演员也扭得越欢，场上场下形成了一种互动，随鼓而舞，队伍就越来越壮大。我想"鼓舞"这个词应该来源于社火的表演场景。

这样鼓舞而行，走完东南西北街道，队伍拥向祠堂或宗庙前面的宽阔空地，这就到了社火正式演出的场地。场地坐北向南安放一张文案，上铺红色锦缎或毛毯。文案上要焚香，置文房四宝，置四书五经，置五谷杂粮，置干果面鱼，以示耕读为本，福禄寿全。文案安置妥当后，灯官老爷端坐在文案后的一张太师椅上。乐器班分列于文案两侧，两面大鼓距文案最近，唢呐次之，二胡再次之，镲再再次之，最后是锣。

待灯官老爷坐定，鼓乐齐鸣，花旦和武生开始踩场。踩场的表演形式很简单，花旦和武生分列两队绕圈表演，队形有变换，有插花，但都比较简洁，此时场外的观众会根据踩场的大小自动围成一个圆圈，这就是社火表演的舞台了。

开场戏要能震场，能喜庆，能见功夫，那就必须是《舞狮》。我们舞狮不采青，我们采绣球，因此我们又把《舞狮》叫《狮子滚绣球》。舞狮表演需要几个武把式，能把舞狮的条凳搭起五层高，最高能搭到七层。还能在上面做各种杂耍的动作，险象环生，常常惹得大人娃娃惊声尖叫，获得阵阵喝彩。

我最爱看的是眉户剧《张连卖布》，讲的是张连好赌输光了家产，靠妻子四姐织布养家，但张连拿了布去卖，竟然又把卖布的钱输个精光。回家后四姐追问张连，张连百般狡辩。四姐气不过，要离开张连，最后经王妈劝解，张连发誓戒赌，夫妻和好。其唱词简单流畅、曲调活泼。四姐唱："我再把你问一声，北门口大路东，一片菜地人眼红，这二老在世也最心疼，正月的菠菜满地青，二月闪上个羊角葱，三月韭菜担上卖，四月的莴笋拿秤称，五月的黄瓜搭起架，六月的胡子一张弓，七月的茄子像个钟，八月芫荽绿个茵茵，九月的白菜嫩生生，十月的萝卜吃一冬，我问你卖钱做了啥。"张连唱："有有有……娃仔妈，你坐下，听我张连说实话。自从把你娶到家，三年都没生娃娃。我怪你，你怪我，怪来怪去怪自家。年年有个四月八，娘娘庙里求娃娃。先买鸡，后买鸭，干果碟子十三花。猪头猪蹄猪尾巴，端不动了用车拉。一拉拉到娘娘庙，众人见了就把咱夸。未进庙，先放炮，头顶香盘手端蜡。进得庙门你就趴下，又把响头磕了三。求个穿靴戴帽的，还要个绣花织布的。拜罢娘娘又许愿，嘴里不停胡拌蒜。布施银子一大把，再献上二百个泥娃娃。娃仔妈，你想一下，哪一样不用把钱花。才把菜地也卖啦。"这样的唱词，能从房屋田地说到锅碗瓢盆，一问一答而绝不重样，真是动人。剧情是劝人戒赌，唱词是人间俗事，而且朗朗上口，韵律十足。两位表演者也没读过什么书，但整本的唱词能背得滚瓜烂熟，也没有受过什么戏曲训练，竟能够演绎得声情并茂。我后来看了很多戏，觉得都没有他们演得那么好。想一想也难怪，这样的唱本传了几辈人，村里有点岁数的人对唱词都很熟，有时候夫妻拌

玩月记事

嘴，邻里说事，都会随口说出里面的唱词，大多数时候竟然都能应用得恰到好处，也有时候会词不对题，惹人发笑，却正好化解了矛盾。

西北地区没有可供划船的江河，《跑旱船》却是社火中最受欢迎的经典剧目。旱船里的船娘子装扮得美极了，很像戏台上的崔莺莺。艄公戴了白胡子，老得只有鼻子没有嘴。别看艄公样子老，但能在鼓乐声中把一支兰桨耍出各种花样，旱船就在兰桨和鼓乐的节奏下忽疾忽缓，忽高忽低，时而旋转如陀螺，时而沉静如秋月。旱船底部的帷幔上绣着的层层水波，在鼓点和唢呐的乐声中，一会儿掀起惊涛骇浪，一会儿又荡着层层细波。风平浪静时，麻婆就过来跟船娘子搭话。也不知道说了什么，船娘子先是羞，后是喜，麻婆还要继续说，船娘子作含羞状不理睬，麻婆要走了，船娘子又脚踩水波荡过去，麻婆偏不说了。船娘子又急又羞，又羞又急，那种欲拒还迎的女儿情态，招惹得围观的后生们不断往前挤。麻婆就跟后生们说荤话逗趣。正闹着，一阵暴风疾雨般的鼓点袭来，只见艄公的兰桨上下翻飞，舞得像是一团花，旱船就在乐声和桨影里团团转，转得围观的人眼睛里都是花。

春官和麻婆是整个社火表演中的灵魂人物，不仅要能说会道，还要反应敏捷、诙谐幽默。这两人负责整场演出的插科打诨，逗趣搞笑，是社火表演中烘托气氛的关键角色。他们取笑别人也被别人取笑。其说词和唱段多有男欢女爱的暗示，也有一些针砭社会时弊的段子，因此既要放得开，又要把握好分寸，否则就容易使表演失彩或流于低俗。灯官老爷是社火队中的绝对权威，但春官和麻婆可以开灯官老爷的玩笑。一对优秀的春官和麻婆可以现场编词来烘托气氛，因此最受群众喜爱，所以春官和麻婆的戏份最多，要贯穿整个社火表演的始终。

社火中比较有趣的剧目还有《闹干哥》《观灯》《打酸枣》《回门》，等等。《闹干哥》和《观灯》都是讲青年男女恋爱调情的故事。《打酸枣》是一位已婚的青年女子怀孕后想对丈夫讲，又羞于开口，就让丈夫为她打酸枣借以暗示。可丈夫怎么也不明白，后来终于在妻子的一再暗示下明白了。可明白了的丈夫又装作不明白，反逗妻子。妻子在用尽了各种方法之后终于自己说出了口。整个剧情的曲调也是以欢快活泼为主，女子将怀孕后又喜又羞，在丈夫不明白自己心意时又恼又爱的情态表现得神情毕肖。《回门》是讲一对新婚夫妇过年回娘家。其表演和唱词都有隐晦的意味，是社火的保留节目，现在几乎已经不演了。

《舞龙》是社火表演中的压轴剧目，但我觉得最没有意思，我不爱看。《舞龙》表演一开始，人们知道，当天的社火差不多要散场了，就纷纷起身往场外走。我看着那条在退场的人群头顶独自翻滚的龙，感到了一种莫名所以的失落。原来，人世的繁华热闹之后，是那么的苍凉和寂寞。

风雨

　　说不清楚为什么，每次狂风急雨的时候，我就会觉得内心有一种平和安宁。

　　我常常会在暴风雨的前夕伫立在窗前，看阴郁的天空下低飞的群燕。那个时候还没有风，潮湿的云压得很低很低，树也静默着，仿佛情人眼眸下的处子，心欲动而身不动，空气里凝滞着一种浓得化不开的云烟氤氲，只需要一个点拨，怀春的心就会荡漾开来。这么想着，真的就有了风。枝叶扶风而动，先是微微地颤着，接下来摇曳的风姿就恣意挥洒开来，完全没有了少女的矜持，如此流连忘返，暧昧得如同春闺床帏上晃动的帐钩，周而复始，欲说还休。雨开始淅淅沥沥地滴落，俄尔，风疾雨骤，枝叶向着一个方向鼓起一个包，再鼓起一个包，霎时，鼓起的包又瘪了，树身就拉得尽长尽长，树冠又压得尽矮尽矮，忽地又起了身，前后左右，奔突不息。继而，雨开始横着飘，密得拉成了线，无数的线像一道网，把树的身子往下压，再往下压，弯得不能再弯了，风和树都在努力地想站起来，可似乎都倦得没有了一丝儿力气，枝条交织如男欢女爱时缠绵的手脚，欲罢而不能，就那个形状停滞在了空中，天地混沌，一切都静止了。

　　"妾在巫山之阳，高唐之下，朝为行云，暮为行雨。"朝云暮雨，天人大同，宋玉真是鬼斧神工！

玩物铭

近二十年间，我收藏了五个笔筒！

竹筒，细细高高的，嫩白中泛着一点青绿。她送我的时候，只是一节竹。我打通了关节，她在上面撇了几株兰草，就成了一个笔筒，疏秀妍雅得让人不忍把玩。放在书案上看，丝丝缕缕的水色从兰草间沁出来，沁出来。笔插在这样的笔筒里，写出的文章也会生出花来！

瓷筒，青瓷类的质地，无花，沉稳而素净。适宜于插毛笔，镇书案，止谵浪。

玉筒，青绿色，有蜡质光泽，置灯下，玲珑剔透。镂空龙形雕饰盘踞成柱，首尾交错，转动时有延绵不绝之感，龙形有冲冲欲飞之势。怕其真破窗而去，遂一直未敢点睛。

木筒，檀木，暗红，纹饰斑驳，有奇香，摩挲把玩后香味于指尖经久不散。视之有媚色，立于瓷筒边低眉顺眼如妾。不禁心生爱怜！将其挪至玉筒边，不相宜；再至陶筒边，亦不相宜；偎于竹筒侧，倒是一对姊妹花，越发爱怜。

陶筒，黑陶，触之温婉如木，叩之有金石音，貌娴雅庄重。镂空纹饰古朴简约，抚之细腻如凝脂。如此清雅可人，自然要做了我的新欢，置书桌上，可以约心猿，束意马。是因为这个缘由你才送我的吗？

乐山之佛

在这个初秋的午后，我到了乐山！

到了乐山，当然要拜乐山大佛。朝拜的信众拥拥攘攘，顺着绿荫夹道的台阶拾级而上，男左女右，善男信女们迈出的每一步都虔诚而谦卑。身临佛门，心灵居然一下子庄严肃穆起来。难怪当初贾宝玉迈进栊翠庵的时候，对妙玉的心猿意马也都收拢了。佛祖慈悲，慈航普度，度的是有缘人！张潮说："赏花宜对佳人，醉月宜对韵人，映雪宜对高人。"今天来乐山拜佛，与我结伴而行的，当是有缘人！

我没有皈依佛门，但我喜欢看寺庙里观音菩萨的庄严宝相，也喜欢寺庙里善男信女的肃穆平和。因此，每到一地，我总是会去当地的寺庙。

进过那么多的庙门，菩萨和观音都需仰视方可见，但站在山顶看佛，只有乐山才可以。这么大的佛，眉和眼竟然就在我的对面，佛祖倡导众生平等，我站在了佛的眼前，我的身上也就有了佛光。顺着侧面的石梯，逐级下行，拐一个弯，我就和佛的鼻子平齐，再拐一个弯，我到了佛的下巴。如此层层向下，我从佛的肩一直走到了佛的脚下。我发现，原来我不及佛的一个脚趾高。此时再仰视庄颜，恢恢宏宏，伫立于天地间，佛法普照，众生渺渺如蝼蚁。方才恍然大悟：蝼蚁在我的脚下正如同我在佛的脚下。这才是佛祖对待众生皆平等的大义。我为之前的浅薄而惭愧，也为现在的顿悟而欢喜。窃以为："佛法难讲，因为要讲得众生悟！"昔世尊于灵山会上，拈花示众，是时众皆默然，唯迦叶尊者破颜微笑，从此得了世尊的衣钵。今天陈泽从山顶到山脚，佛没有说话，可佛的灵慧却直指我心，先迷惑，后解惑，醍醐灌顶，让我灵光闪现。从今以后，我相信我将心存佛念，以一种没有差别的好意，对待万事万物。

很多年前，我的一位师友来到乐山朝拜大佛时写了一副对联："乐山有佛，你拜了，他拜！苦海无边，我不渡，谁渡？"他来之前，因为一部引起全国轰动的小说而备受责难，毁谤重重。以至于没有一个清净的场所可以安放一张写字的书桌。拜佛归去，他居然能够清心静气，在风声雨声里完成了长篇小说《白夜》，故事与佛无关联，但情节却处处有佛意。又过了很多年，我做了《白夜》的评注。我知道，在他来的那一年，我们已经在佛前结缘！

　　　　　　　　　　　　　　　　　　　　玩月记事

病相报告

对我来说，这绝对是一个相当漫长的周末。人说："欢娱嫌夜短，寂寞恨更长！"那他一定是在没有生病的情形下才这样说的。"欢娱嫌夜短"是对的，但"寂寞恨更长"就未必。真正恨更长的不是寂寞，是生病。当你有病在身的时候，寂寞算什么？如果能够选择，那我宁可生龙活虎地寂寞着。这句话应该修正为："无债欢娱嫌夜短，有病寂寞恨更长"，这样就说得通了。

病来的时候从来不会跟你客气，说来就来，从不管你有没有空，得不得闲。你就算是请秦叔宝和尉迟敬德立在门口，病也照样能破门而入，喧宾夺主。而且，来了，就不想走。正所谓："病来如山倒，病去如抽丝。"这病，来得凶猛，却走得缓慢，迁延数日而依旧纠缠不休，奈何！

初，喉咙隐隐如有凸起物，吞咽受阻，瑟瑟作痛。继而鼻塞，呼吸不畅，流涕，如清水状，须持纸巾勤拭之，稍有大意，则成串晶莹珠玉般滚落于唇齿及胸前，斯有客在，其尴尬猥琐难以名状。好在我的职业不必靠形象来取悦大众。况且林肯说过："男人过了四十岁，要对自己的相貌负责！"算起来我还可以不修边幅三五年。因此，猥琐尚可忍耐，只要独善其身，不去人前现眼，就不至于招他人厌恶。然头痛不可忍。两鬓间血管奔突不息，铮铮作响如鼓，胀痛欲裂。周身如火炙，面颊赤热，眼目艰涩，口鼻呼气燥燥，三伏天气而不见滴汗。卧床塌间，四肢酸软几不能举，起坐维艰，翻转负累，眠而不寐，醒而不清，恍恍惚惚不辨天地玄黄！

最不能忍的是咳嗽。咳嗽似乎是病有意刷存在感的一种最具恶意的提示。不仅提示得病的人它的存在，也提示病者周围的人它的存在。可以说每咳一声那都是病在主使，一点由不得人。你若忽视轻视鄙视它，那它就病给你看。

第一日，如是；第二日，亦如是；第三日，症状减缓如抽丝，低热回环游走，周身汗出如浆，烧渐退，头痛乃止。

时人作文，喜无病呻吟，真有痼疾者，却视而不见，听而不闻，如此倒行逆施，而尾随效仿者众，奇矣！

我今有病呻吟，与时不谋，惭愧！

牙，拔牙

　　一颗智齿，纠缠了我七八年。每次疼得总不是时候，不是佳人有约，就是领导有事，或者是圈子里的闲人呼朋引类的聚会。每当这个时候，我就恨得咬牙切齿，咬牙切齿也没有用，牙还是疼，咬了更疼！

　　许多时候，人对身边或者自身的许多东西都司空见惯，从来没有仔细想过，在日常的起居坐卧中，那些熟视无睹的东西对我们有多重要。如空气，如父母之恩，几乎让人意识不到存在。我们自己身上的每个部位，也只有在出了问题的时候才觉察它的重要，心里想，要不是此而是彼，应该就不会这么痛苦。伤了食指会察觉怎么偏偏伤在食指，食指多重要啊！平时要用它持笔、握筷，和女朋友在一起的时候要和她勾手指、解胸扣。就算是一个人什么都不干发呆的时候，也要用食指来挖鼻孔啊！等到有一天伤了无名指的时候，发现所有食指干过的事无名指都没少干。这个时候，食指幸灾乐祸了："小样，平时什么舒服你抢着干什么，脏活累活都是我干，这下栽了吧？"无名指也得意了："平时都不重视我，连个名字也没有，现在知道我的重要了吧？"真正叫苦的是主人。

　　可现在让我叫苦的不是食指也不是无名指，是智齿。手指的疼算什么，和牙疼比起来，那简直不叫疼，不，所有的疼和牙疼比起来，那都不叫疼。这颗牙从二十多岁起就开始长，每年长几次，长几次就疼几次，可长到现在也没长出来。每次疼的时候就下决心等消炎之后一定要拔掉。可消炎之后，疼痛随之消失，下的决心也和疼痛一起消失了。就这样，一直迁延到现在，它奈何不了我，我也奈何不了它，我们相安无事。

可在最近，这颗牙竟然在不到半年的时间里疼了三次，频繁地挑衅我们达成了七八年之久的平衡状态。在我一忍再忍之后，这颗牙竟然公然跟我起义了，严峻的现实已经直逼我的心理防线了。我再次下定决心，这次必须拔掉，非拔不可！

好不容易跟医生约好了时间，我如约而至。之前也反复给自己鼓劲，可当我躺在手术椅上的时候，还是很紧张。给我拔牙的是一个男医生，看上去精明干练，让我稍稍心安。男医生的旁边站了一个护士做助手，我希望她漂亮一点，这样一方面可以分散一下我的注意力而减轻疼痛。另一方面也可以让我在对抗疼痛的时候，不至于表现得太软弱。可她用一只大口罩遮住了整个脸，我看到的只是她的眼睛，一对有很长睫毛的大眼睛。看到医生手里的各种器具，鼓起的勇气如同没能扎紧的气球一样在慢慢萎缩，我心里敲着退堂鼓看着医生说："可以不拔吗？"医生说："牙根已经坏了，不拔不行。"大眼睛闪过一丝促狭，问我："你知道坏牙和坏萝卜有什么共同点吗？"我说："不知道。"靠窗的另一个手术椅上有人发出了一个轻笑。大眼睛说那你好好想想。

手术在我的疑惑中开始了。每个看过牙医的人都应该有过那种体会，那个类似于电钻的工具放在牙床上，每钻一下，都像是钻在了心上。疼痛让我无法集中精力思考坏牙和坏萝卜有什么共同点，思考也让我不能集中精神感受疼痛。我感激大眼睛的善意。然而，最痛苦的还不是钻，是敲。牙根太深了，上面一部分已被拔断，下面的牙根需要敲下来。医生用一只钢锥顶在牙上，拿锤子的就是那个大眼睛，每敲一下，都像是敲在脑子里。之前也反复作想过拔牙会很痛苦，可没想到是如此痛苦！时间一分一秒地走，过得真慢。之前问过医生大概要多长时间，他说一小时，看看墙上的钟，才过去二十分钟。如果时间可以倒退回去，我宁可让牙疼着也不会来拔牙，它要起义就起义吧！我想，电视里那些审讯嫌犯的审讯室，根本用不着设置别的刑具，每个审讯室放一台拔牙椅就够了。保证嫌犯一坐上去什么都招了。想归想，可牙医要的不是我的供词，他只要我的牙。听医生和大眼睛护士说，我的不是单根牙，是多根牙。拔出了一个根，还有一个，口气很惊讶，分明是在责怪我的牙不该多长一个根。天哪，还有一个根，怎么会这样？医生不知道牙是多根的吗？连古代造字的仓颉都知道呀！你看，"牙"字多形象，不就是两个根吗？有一个还带着勾，难怪这么难拔。谁说中国古人不懂解剖学？不懂解剖学仓颉怎么能造出多根的"牙"字？是仓颉未卜先知，照着我的牙造的这个字吗？也许真是如此，甲骨文上记录的文字几乎全与占卜有关，但却只字未提解剖学。仓颉真不愧是人文始祖啊，不仅会造字，还在几千年前就知道陈泽的牙是多根的。再或者，仓颉在造这个"牙"字的时候，可能正好也在牙疼，拔出来一看，竟然是和陈泽长了一样的一颗多根牙。

很显然，对付多根牙并不容易。医生换了个位置，大眼睛拿着锤子继续敲，一下把仓颉从我的脑子里敲跑了。可我的牙还在，眼泪一下子就出来了。但我绝对不是哭，大眼睛还看着我呢，我怎么可以哭？可眼泪不争气，该走的没走，不该来的却来了。大眼睛拿纱布帮我擦掉不该来的眼泪。太丢人了，泪眼蒙眬中我看不清她大眼睛里的神情。妈的，都怪达尔文，非要让猴子进化为人，进化为人的时候为什么不把牙齿一起进化掉？他要让那个别的什么进化成为人的话我怎么会牙疼？我的牙要不疼我怎么会在大眼睛面前流眼泪？我在脑子里反复地找有没有不长牙齿而又可能进化为人的动物，搜了一圈，没找到。不能错怪达尔文，他当时可能也没找到。那就怪女娲，闲着没事干造什么人，造了人也就罢了，还要造牙齿，造了牙齿居然还要造智齿。天哪，这都安的什么心哪？！

终于，最后一个牙根还是被拔出来了。老天保佑！

下了拔牙椅，我明白了一个道理：如果你恨一个人，那就诅咒他去拔牙。

临出诊室的时候，大眼睛摘掉了口罩，果然跟我想的一样漂亮。她先前问我的问题我还没有想出答案，就忍不住问她："坏牙和坏萝卜究竟有什么共同点？"话刚出口，全诊室的人都笑了。大眼睛却一本正经地说了四个字："拔得太晚。"哦，原来是个笑话。笑话让我忍俊不禁，也让我另一边的牙开始隐隐作痛，看来，我还得来拔牙。

那么，是谁在恨我？

梦里花落知多少

　　草木临秋，夙夜不靡，我想是下午和朋友饮茶的缘故。与其卧而辗转反侧，莫如醒而幽幽静思。前两天看电视剧《三国》，儿子就模仿司马懿坐着睡觉，如此连续几日，终有一晚假戏成真，坐着睡着之后一歪身把头磕在了床沿上，负痛作势要哭，但扁了几下嘴还是忍住了，惹得他妈妈差点笑岔了气。这样把家国江山的权谋韬略随意把来嬉戏，也只有垂髫小儿能有这样的率真和无间然，本色到使人不觉其在做戏。再一个时辰天应该就亮了，于是索性披衣而起！

　　我的举动，让熟睡的妻翻了一个身，继而酣酣入梦。窗外有灯光映进来，照在她恬静的脸颊上，自有一种人世的满足与亲切。她是正在做着一个梦吧，但愿我没有惊扰她！我这么醒着，在她的梦里我在做什么呢？

　　这大半年来，整个人似乎都不在状态，真的是忧心惙惙。如辞条枝叶再返林柯，附溷之花重登袵席，心肝俱在而面目全非。古人说"木秀于林风必摧"。我想我是犯了世道人心的忌讳，但若是一味求全责备，最终只能碌碌。诸葛亮文韬武略冠绝天下，纵然七擒孟获，六出祁山，却终不免秋风五丈原，功败垂成。司马懿韬光养晦，终成大业。但一个大男人能那样红妆附体，长袖善舞，不是普通人能做得到。况且古稀之年还能够对爱妻腹子痛下杀手。权谋走到了这一步算是到了极致，物极必反，如此江山，不要也罢！

　　"几日寂寥伤酒后，一番萧瑟禁烟中。"我想我和晏同叔的共同话题还是要更多一些，做喜欢并善于做的事，才会有愉悦。若让贾平凹跟贩夫走卒去评行论价，自然是会吃亏的。这就像有的人可以指挥千军万马，但遇见了市井泼妇，却一样束手无策。

昨天陪儿子上钢琴课，他对音节与节拍的缓急总是把握不准，反复跟老师讨论一个音节是一个节拍的几分之几，几次三番而总是不得要领。老师说你用数学的方法去计算音乐的节奏，就失去了艺术的本意。确实如此，任何事要失去了本意，就会味同嚼蜡。比如恋爱，唯有不带目的的两情相悦，才显得圣洁。人世间感天动地的恰恰是无果之花，哪怕如昙花朝露，也一样会牵挂一生。

写到这里，窗外的曙光已照进了房间，忽然想起三毛在她的散文里的一首小诗：

记得当时年纪小

你爱谈天我爱笑

有一回并肩坐在桃树下

风在树梢鸟在叫

不知怎么睡着了

梦里花落知多少

觉得很应景，正好拿来做题目。

初始之初

——The Beginning 艺术展随想

中秋节假日的最后一天，我应艺术家周圆之约，参加了 The Beginning 艺术展。确切点说，这是 Banana Jam Space 的开幕展览。

展览设在一幢普通的独栋别墅里，上下四层。周圆既是艺术家也是空间创办人之一，他和他的伙伴们将这个纯白的空间命名为"Banana Jam Space"，也就是"香蕉酱空间"。据他讲，Banana 的深层含义意味着艺术多元化，Jam 的意义是他们期待这个空间被作品填充，被人们经历，被艺术赋予更多的可能性。这样的定位让我觉得非常好，有内容，有延展，有无限的想象空间。

这算是我走得最近的一个艺术家群体。把艺术家归类为一个群体是世俗的观念，因为对于大多数普通人来说，艺术家特立独行，行为乖张，很难被普通人理解。当然更难理解的是艺术家的作品。其实，这些艺术家混迹于人群之中，并没有什么两样，一样的吃喝拉撒睡，普通人干什么他们也一样干什么。但他们确实又是不同于普通人的一个群体，他们对生活的感悟更深刻，对周围的环境更敏感。当然这只是在某一个方面对人性和社会的解读，放在日常生活中，他们并不能知道明天中奖的彩票号码和股市的起起落落，丝毫不比我们中的任何一个人早知道什么，甚至对人情世故还会表现得非常幼稚和迟钝。我刚好喜欢这种不谙世道人心的率真。

因为如此，就越走越近。

现在走进了 Banana Jam Space。当日参展的作品很多，其中的大多数我都看不懂，看不懂还怎么说？其实也可以说，因为就算你认为看懂了的，创作者想表达的也未必就是你理解的意思。说来说去，艺术品或许并不是要你来解读的，而是来启发你的想象和触动你的某一个感知。也就是，你想什么她就是什么。

展品中有一个叫 *Giant* 的影像作品，四只手布满了整个画面。女人的手纤细柔软，不停地抚摸另一双手，抚摸中有挑逗，有呼唤，不厌其烦，周而复始。可那一双男人的手自始至终无动于衷。男人的手是一双硅胶做的仿真手。我想作者想表达的是，用有生命的有感知有感情的鲜活，去跟无生命无感知的人造工业品去交流是徒劳的。这是对后工业时代，人与物品关系的一种隐喻。似乎是生活的一个碎片，但艺术家却竭力使其趋于完整。

作品《被遗忘的遗弃，以及即将被遗忘的遗弃》中，画面是一幅末日景象。人们戴着防毒面具，给人一种极度的压抑感。确实，不知从什么时候开始，我们的生活变得琐碎，凌乱，甚至破灭，一切凶残，贪婪，无聊，秽亵，都因为活得厌倦，这厌倦又并不走到悲观，却只走到麻木，不厌世而玩世。我们常常得了理却并不心安，衣食住行也都有安落，却还总是焦虑，浮躁，甚至抑郁，拨草寻蛇地向周遭的人和社会找事。

《11 纬度·安静》是实物作品。创作者用铝膜气球制作了很多个 0 和 1，杂乱无章地随意堆放着。跟我同去的朋友认为这个代表了 0101 的二进制数字世界，意味着当下的所有信息都可以用 0101 来编制成程序化的语言来表述。我则觉得，0101 指的是一阴一阳，一女一男，是生命之源，是从无到有，是初始之初混沌世界孕育生命的摇篮，也是人类从懵懂无知到开化心智再到懵懂，这样循环往复不断螺旋式上升的过程。我们在这样的争论中自得其乐，谁也说服不了谁。我想，这也许就是一件艺术品的价值和意义吧！

说实话，解读一件艺术作品是非常困难的，但也是非常有趣的。常常你感受到的东西与创作者的初衷差了十万八千里，但也可能正因如此，才使艺术创作有了更大的延展空间和生命力，从而形成一种超越作品本身的艺术张力。我觉得这就是艺术创作和艺术品的魅力所在。

Banana Jam Space 这次展览的有绘画、影像、雕塑、声音等作品，我只能从一个文学工作者角度去领会艺术语言的抽象描述。虽困难但我还感兴趣，这种类似像一种解码过程的游戏，非常好玩。解对了暗自得意，那是一种在芸芸万象中的共鸣。解得不对，就当是开了另一个法门。我常常用一句话自嘲：树上鸟在叫，觉得好听就行了，干吗一定要去听懂它在叫什么！

这么一想，可以说，人人都可以成为艺术家，或者干脆就如博伊斯所说："人人都是艺术家！"

不亦快哉

金圣叹曾作《不亦快哉三十三则》，林语堂看了觉得好，梁实秋看了觉得好，甚至连李敖看了也觉得好。他们都仿照其法，分别作《不亦快哉》若干则，慰读者也聊以自慰。而今世事变迁，世风已不同往日，满目新世相，在这样一个文艺的荒年，遂狗尾续貂，也作《不亦快哉》与先辈前辈呼应之：

其一：周末无事，于街上闲逛。欲过马路对面，有天桥却视而不见，拥妻携子，横穿马路，翻越隔离护栏，于己方便之同时一显矫健身手，辗转腾挪，跟汽车玩乾坤大挪移，险象环生处侥幸安然通过。见汽车因紧急刹车而前后追尾，造成道路交通拥堵，自己则施施然闲庭信步。不亦快哉！

其一：路遇一男一女遛狗，主人互不相识，两狗纠缠不休。男狗主人欲走，奈何百呼不应，有点不耐烦，问："你是不是母狗？"女狗主人答："是啊！你是公狗吧？"男子不悦，斥责对方不会说话。女不服，两下各不相让，继而破口大骂，几乎动手，引无数路人围观。俩狗见状，怯怯对望，遂不欢而散。于无意中拆散鸳鸯，人定胜狗。不亦快哉！

其一：下雨天开车，路过积水坑，踩油门加速而过，溅起水花如喷泉，将路边行人淋成落汤鸡。损人而不利己，于倒后镜中看路人狼狈不堪而自顾自地加速而去。不亦快哉！

其一：早上上班赶路急，于车内享用早餐。餐毕，顺手将纸巾、塑料袋、豆浆杯、

　　　　　　　　　　　　　　　　　　　　　　　　玩月记事

牛奶盒从车内抛出，时常糊在后面车子的前盖上，轮子上，甚至挡风玻璃上，一时怨声载道。我自畅快向天笑，去留垃圾前后轮。不亦快哉！

其一：约三五好友，于公众餐厅吃饭。菜上五味，酒过三巡，坐者高谈阔论，字字铿锵，气冲斗牛，声震寰宇，视邻桌客人于无物，能让整个餐厅的食客知道，他二大爷能上山打虎，他三大爷能下海捉鳖。至于他自己，则更是无所不能，这世上拿得起放不下的除了筷子别无他物。说到开心处，爽朗大笑，中气之足可以震下屋梁上准备搬家的老鼠。如此唯我独尊，自得其乐。不亦快哉！

其一：于地铁、公交车、电梯间打电话，对方必定是股票经纪、生意伙伴或是公司下属。所谈内容不是几百万的投资就是几千万的生意。若是下属，则训斥之声不绝于耳，唯恐同车人不知道自己是个领导。终于说完了投资，谈完了生意，训完了下属，陶陶然看同车人各种表情。不亦快哉！

其一：约老同学、老同乡、前同事、老朋友吃饭，必有一到两名下属在场，而后斟茶倒酒、移杯换盏，必须有下属代劳，如同生活不能自理。下属稍有不慎，则耳提面命，谆谆教诲，让在座者深感其在单位领导有方，威仪棣棣，凛凛然不可犯。不亦快哉！

其一：恋人情浓，恩爱难舍，视公众场所为自家卧室，当公车座椅是自家沙发，各种亲密无间。似乎天地之大，唯卿我存乎其间，我的眼里只有你，旁边的都是会呼吸的空气，管他周围还有什么小孩子。如此你侬我侬，至情至性。不亦快哉！

其一：未经一番寒彻骨，忽有名花扑鼻香。地铁站、银行、写字楼，常常被这样的异香侵袭，分不清茉莉海棠，辨不出牡丹金香，反正就是很香，香到你不能不直视，香到你不断地打喷嚏。谁说香水有毒，姐是香水美人，要为自己代言，必须走在哪里香到哪里。如此慷慨解香囊，赠人余香。不亦快哉！

其一：见别人个子矮，身体胖，讲话口音重，则如获至宝，似乎这一天的人生忽然有了目标，谈话马上有了方向，抓住别人的缺陷不放，必须言必提及，似乎除此再无其他话题可谈。有短不揭非君子，不揭尽兴不丈夫。或者知道别人曾经经历过什么尴尬事，必定知无不言，言无不尽，直说到对方面红耳赤，羞赧难当而至无地自容而不止。如此不突出自己，只宣传他人。不亦快哉！

其一：朋友聚会，一旦开口就不能止息，如崩堤之江河滔滔不绝，天上地下，无所不知，不容别人插嘴，但只管插别人嘴，信口开河，不假思索，不打草稿，恨不得这辈子把下辈子的话全都说完，一个人把所有人的话都说了，让别人无话可说。不亦快哉！

其末：如此飞短流长，言不及义，反话正说，荒诞不经，毫无顾忌地针砭流弊。不亦快哉！

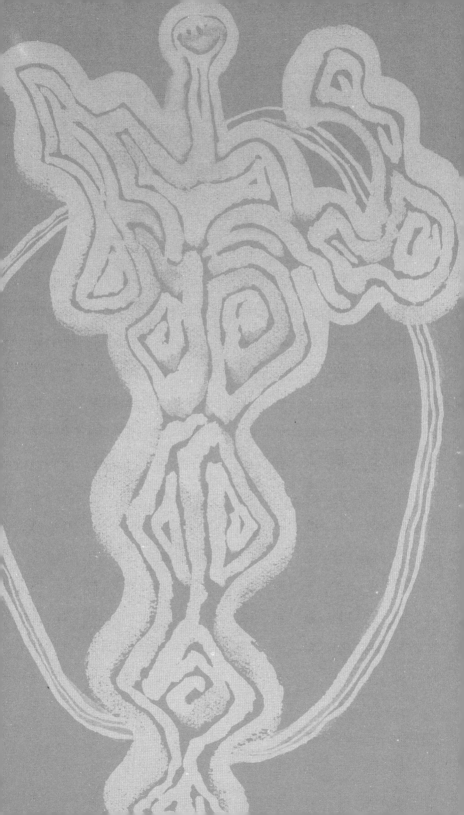

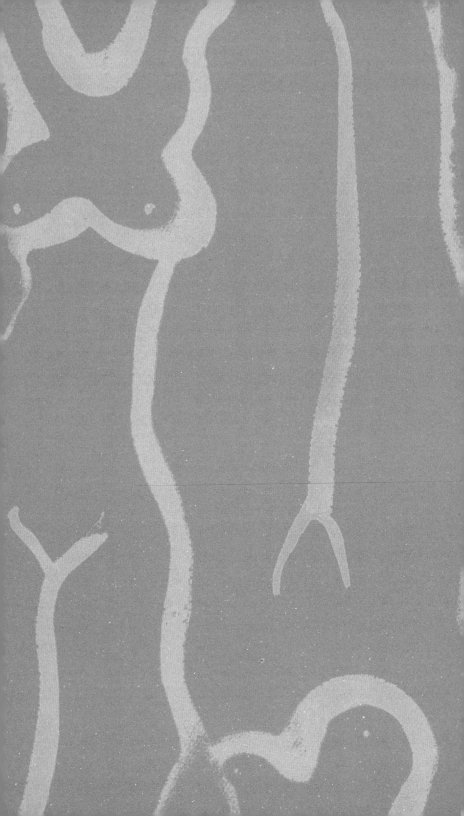

书，读书

如果说我的生活中有一个习惯是可以毫不遮掩地公之于众的话，那就是持之以恒的阅读习惯。

在我能够读书认字的年龄，正是物质极其匮乏的年代。虽然距最艰难的那个困难时期已经过去了近二十年，温饱可以维持，但浩劫才止，百废待兴，旧的典籍还没有开禁，新的尚未成型。故而，除了小学课本，我现在记得的儿童读物竟然是两本不知从哪里搜罗到的工笔连环画：一本是《西厢记》，一本是《桃花扇》。那里面的工笔仕女画得清雅毓秀，让我至今不能忘怀，我的审美情趣和人生格调可能在那个时候就有了定格，使我不能处庙堂之高，也不善经营，成了一个游离于所有圈子之外的边缘人。

真正的阅读始于中学。

时间是二十世纪八十年代末，那时候电视还没有像现在一样完全侵蚀掉多余的时间，我荒芜的大脑便被各类书籍填塞着，没有选择，也无从选择。禅宗赵州和尚说："至道无难，唯嫌拣择！"我因无知而无为，却因无为而接近于道。

中国人说到读书，四大名著是一个绕不过去的话题。但惭愧得很，我到现在也没能完整地读完《三国演义》，差不多只看了一半就搁置一边了。刘关张这三兄弟没一个是我喜欢的。周瑜、吕布和赵子龙我比较偏爱，可他们不是短命就是受制于人，看了让人丧气得很。《西游记》倒是勉为其难地读完了，但看了三分之一之后就实在不能忍受吴承恩的啰嗦与刻板。平心而论，这部小说的开篇绝对有大家气象。玄奘的身世及与唐太宗结为兄弟，孙猴子学艺及齐天大圣大闹天宫都非常地好。但作者似乎在前三分之一章节把才华用尽了，自从孙悟空戴上了金刚圈，老吴的脑袋就一起被下了紧箍咒，可惜得很！说的是神仙妖怪的事，可编造的痕迹如同文在眼睛上的线，呆板而无趣，每次降妖伏魔的过程都是一样套路，仿真得如同用电脑编的程序，不是又"到了一个险恶的所在"，就是"起了一阵黑烟"，这样的"黑烟"冒过七八次之后，就是修为如如来佛祖者也会做狮子吼，何况血气方刚如我辈？后面的九九八十一难，三藏师父倒是每次都被解救了，可读者受难了。然而，我不喜欢是一回事，伟不伟大是另一回事。

《水浒传》与《红楼梦》是我读得比较尽兴的两本书。但那时候只顾着故事情节的铺陈，对文辞倒是忽略了，有点本末倒置。后来再回头看，一百单八条好汉已经了无新意，而且感觉施耐庵在写这本书的时候似乎一直在跟他的浑家或是小妾闹别扭，书里的每个女人似乎都跟他有仇，不置之死地而不快。潘金莲、阎婆惜、林冲娘子一个个都香消玉殒。偌大的梁山有名有姓的女人只有三个，孙二娘和顾大嫂本来与女人相去甚远，不说也罢。唯一的靓女扈三娘竟然让她嫁给了本事不济的矮脚虎，真是罪过！罗贯中的问题是忽略女人，施耐庵的问题是仇视女人。梁山一百零五个男人，除了矮脚虎王英之外，其他似乎都不近女色。不知道这些大块吃肉大碗喝酒的生猛角色的生理问题是怎么解决的？也难怪，中国的文学到了宋儒已经被阉割了，只讲天理，不思人欲，理性有余而知性不足，孔丘说"唯女子与小人为难养也"，罗贯中与施耐庵都是听话的孩子，一个论英雄，一个说好汉，把女人都忽略和打杀了。事实上像浪子燕青这样的美男子，应该是经常出入烟花柳巷的，否则，怎么能让徽宗宠幸的李师师芳心暗许！

"开谈不说《红楼梦》，尽读诗书也枉然"，《红楼梦》是中国文学的绝对高峰。读了上百年，说了很多话，评说文字加在一起逾原文百倍而不止，自胡适开始，红学已经发展成了一门系统的学问，也涌现出了很多续写者和模仿者。《红楼梦》对中国后世文学创作者的影响自不待言，窃以为传承最好的要数张爱玲和贾平凹。张爱玲读出了文章随性的自觉，所以有了《倾城之恋》《色戒》；贾平凹读出了万物相生的意象，所以有了《废都》《秦腔》。他们都领悟了好文章不是作者想要怎么写，而是顺着文字自身的脉络和意象完成自觉的圆满。就像种下了一粒种子，它自己会发芽，会生长，有自己的生命。这个生命在作者建构的意象空间里涌动，如同佛教中菩萨开光后的法器，它自身也有了能量和法力，善信随便从哪个角度都能找到法门。好的文章，是意象归结的自然自觉，仿佛没有一个中心事件作主题，但却能够处处相见，如上帝布施的灵光。所以，对于《红楼梦》，还是少说多读最好！

没有选择的阅读填塞了我的苍白，也让我走了很多弯路。那个时候，我能看到的书，作者都是站在时代浪潮顶端的人，可我总觉得离自己那么远。面对庙堂之高，我怀疑的只能是自己。直到后来坐在钱锺书、沈从文、鲁迅、林语堂、梁实秋、汪曾祺、贾平凹等人的对面时，才觉得文学可以离人这么近！

从此以后，为了避开瓦砾，我必定先看作者后看书。我的方法是盯住一个作家死磕，一个堡垒一个堡垒地进攻，先聆听，后对话，最后挑刺。我的目标是要站在巨人的肩膀上看世界。对于那些反复纠缠而不能拿下的（如钱锺书、周作人），则迂回而过，另寻目标。另寻目标不是放弃，是提升自己之后伺机再战。这跟追求女人有些相仿，久攻不下的不能一味地死缠烂打，要能收能放，心里再想也要安之若素，收放自如。司马迁说："心有激雷而面如平湖者，可拜上将军！"但也不能真的完全置之不理。放的目的是收，舍的目的是得，那根线不能断。关键是要有心，要在不经意间碰触一下，有孔即入，无望即收，不定什么时候灵光一闪，机会就来了。这时候，就算是只有针大的空隙，也要插进碗粗的一条腿去，如此，堡垒何愁不破？！

　　如果前面属于强攻，那现在还需要智取。因为单靠纠缠已知的作家还是不够的，会使许多优秀的作品成为漏网之鱼。还要学会通过一个作家找到另一个作家，通过一本书找到另一本书。比如现在看阿城，你可以找到汪曾祺，通过汪曾祺，你可以找到沈从文，通过沈从文你可以找到废名，通过废名则可以找到熊十力。再如通过陈泽，你可以找到以上所有的人。如此层层递进，总有一天会登堂入室，关键是要有追根究底的兴趣和韧性。

　　如此，就算是图书馆里汗牛充栋，我也能不费力地把那个在岁月的尘影里昏昏欲睡的老人家拉出来，陪我吃茶，让我聆听，和我对话，被我挑刺！

"鬼话"

一

我觉得，用对待鬼神的态度来区分中西方文化的差异再合适不过了。西方人信神，中国人信鬼。中国人不信神，是因为没有确切的神可以信，我们是观音也拜，如来也拜，元始天尊玉皇大帝也拜，只要是于我们有利的，都可以拿来拜拜，反正礼多神不怪。拜多了，究竟信谁？除了皈依槛内的信众外，普罗大众心里并没有底。大多数人只是拜，并不信。我们相信，观音如来法力高，但也因为其高，所以其远，神是众神，众神的目的是普度众生，可我们对普度不感兴趣。我们需要的是一个专心看顾自己的神。找来找去，只有自己的祖先可以心无旁骛地在天堂看顾后人，于是我们拜祖先拜得最虔诚，五千年就是这么拜过来的，古代中国的皇帝，祭天祭地都不及祭祖那么声势浩大。在中国人的观念中，众神只是流水席上的百家菜，祖先才是自家庭院里的长明灯。

中国人信鬼，是因为鬼是人的延续，也是生者对逝者的敬畏！是比神更接近于人的一种存在。

二

凡是对童年的事记忆深刻的人，都会在脑海的深处藏着几个鬼故事，也都会有夏月绕荫，冬夜围炉的鬼话经历！

玩月记事

不可否认，我是个热衷于"鬼话"的人。听人说自己也说，小时如此，现在亦然。听人讲"鬼话"会让我们生出世间别有洞天的希冀，自己讲"鬼话"会让人思绪神游物外。那些精彩的鬼故事，常常让我觉得生活有着许多无可揣摩的神奇和虚幻，这种虚幻让短暂的人生变得不那么无趣。如果信是可以选择的，我选择相信这个世界上真的有鬼。

　　在我的印象中，真正穷凶极恶的鬼少之又少。中国民间流传的鬼大多可怜可敬而且是可爱的。仅有的几个恶鬼，也不是无来由地恶，总是会因人事的干扰让他们无可奈何地恶起来，而干扰人事的，总是一些道貌岸然的正统君子借机沽名钓誉，与其说是鬼祸，毋宁说是人祸。一直以来，看到那些狐仙鬼怪的故事，总是让我没来由地欢喜。连那篇把人吓细了胆子的《画皮》，一开始也都让人喜欢。当王生遇见了逃家女子，于书斋私会，一切都还是很和美的。直到那个道士出现，告知王生鬼事。王生起疑，窥鬼，画皮才变得丑恶。心中无鬼，看到的鬼也是美人，心中有鬼，美人也就成了鬼，面目狰狞起来。就像白蛇娘娘的报恩，让人心里有一种平安喜乐，如果没有多事的法海，谁能说他们不会偕老终身？所以我对法海的雄黄酒、卫道士的桃木剑都心生憎恶。

　　中国的鬼话源远流长，到了魏晋时期已开始连缀成篇，形成了蔚为壮观的六朝志怪小说。志怪中鬼事少，异怪多，基本看不到凶狠残恶之事。如吴均《续齐谐记》有阳羡书生一节，颇有意味：说有阳羡书生因脚痛卧路侧，后求寄许彦鹅笼中。为酬许而口吐珍馐、美女，美女又口吐心仪男子，男子又口吐心仪女子，终又依次回纳书生口中，极尽奇幻。书中对人物鬼怪的善恶均不置一词。到了蒲松龄的《聊斋志异》，则多为世间鬼事，人物穿行于阴阳之间，故事陈杂纷繁，颇有趣味。但结尾常有士大夫说教之词，令人不喜。近日读纪昀《阅微草堂笔记》，其间所述鬼话，竟然秉承了六朝魏晋之风，见鬼说鬼，毫无世道人心的用意，真是鬼话中的上品，自然喜不自禁。这个清朝治下的大学士，胸襟和文笔豁达开阔，字里行间都沁出了难得的深山老林之气。看这样的书，如坐在豆棚前听鬼话，连暮色也能透出朦胧的灵光。多少个独处的夜晚，我希望窗前能出现一张如狐一样娇而媚的俏脸。

　　然而，现在的人是很难听到这样的鬼话了，他们只能也只会听见有人在喊："贾君鹏，你妈妈叫你回家吃饭了！"

　　三

　　在写这篇文章的时候，电脑的自动识别功能常常把"鬼故事"打成"鬼股市"。在人类对自然的感知逐步愚钝的今天，这也算是机器文明跟我们开的一个玩笑吧！然而，这种不经意间对现实的准确投射，更胜却庙堂专家无数，不能不让你打个冷颤！

　　噫，孰能无鬼？！

月色撩人

一

这两天看朱天心的《击壤歌》，一下子想起了二十年前读书的旧事。恨自己那时候怎么看不到这么好的书，把青春都淹没在了政数理化的漩涡中。不仅是没有好书，连平常的书也不多。不要说是读一下张爱玲和梁实秋，哪怕有巴金和老舍看看，也是好的。可是没有，什么都没有。儿子对文字的感应似乎还不错，有想象的空间和意识，可学校的教科书目的性太强，我怕把他领偏了，像现在的我一样。我给他推荐了几本书，可总是敌不过电视里的动画和电脑游戏，他不知道，如果早点看到一本好书，人生可以大不同。

我想，我们距离生活的本意真是越来越远了，至少我是这样！

二

天气很冷，从歌剧院酒吧出来的洛雷塔和罗尼走在即将落雪的街上，两个人都没有话。这是去罗尼家的方向，走在前面的洛雷塔先说："好冷，可能要下雪了！"到了罗尼家楼下，洛雷塔站住了："这是你家？我们要到你家里去？"罗尼耸耸肩，不置可否。洛雷塔则显得烦躁而愠怒：

"你有罪，我也有罪。"

"什么罪？只有上帝才可以说某人有罪。"

"我只知道我知道的。"

"你知道什么？你为什么要低估自己的生命？中规中矩是一个像你这样的女人能够做的最危险的事，你为第一个命中注定的男人等了一次，你为什么不能再等一次？"

"因为他没有来。"

"我来了。"

"你来晚了。我们说好了的，你说过要是我陪你去看歌剧，你以后永远不会再来找我了，我陪你看了。我现在马上就要嫁给你哥哥了，我们之间结束了，对吗？一个人能够看到自己生命中犯的错误，能改变自己做事的方法，可能我的脾性和你很般配，但并不是说我就要一定和你在一起。我能控制住自己，可以对一些事说是，也可以对那些有可能毁掉自己生活的事说不，我能做到的，否则，上帝赐给我们这些愚蠢的生命有什么用？"

"现在一切对我来说都无所谓，我就是想让你躺在我的床上。我根本不怕会在地狱里受到火刑，我也不在乎你会在地狱里受到火刑。过去和未来对我们来说只是个玩笑，什么都不是，也不在眼前。我只知道，眼下只有你和我。洛雷塔，我爱你，不是别人说的那种爱的含义，其实我也不懂。但是爱不是都会使事情变得美好，而是毁掉一切，使你心碎，让事情变得一团糟。我们没有能力让事情变得完美。雪花是完美的，星星是完美的，但我们不是。我们是为了毁掉生活，把自己弄得伤心欲绝，爱上错误的人，最后死去。我是说，那些教导世人的说辞全是放屁。现在，我要你和我一起到楼上去。"

玩月记事

终于，洛雷塔还是牵住了罗尼的手，跟他一起到楼上去了。

《月色撩人》，撩得人一地相思。朱天心说，不敢出门望月，怕它勾我相思，偏偏月进窗来，害我相思一夜！

三

"慧心，对不起……，你究竟介不介意？"

"不介意。"

"你……会不会有孩子？"

"你不要替我担心，就算有孩子也不怕，我还有两个星期就要结婚了。"

"啊？你还有两个星期就结婚了？那你为什么不拒绝我？"

"我就是结婚了也不会拒绝你呀！"

"你要是在我亲你之前告诉我你要结婚了，我一定会忍得住的。"

"我知道你会忍得住，所以才故意没告诉你的。"

显然，这是一个乌托邦式的假想桥段。一场突如其来的台风，把一对孤男寡女困在了远离都市的小岛上，从而互生情愫，虽在情理之外却在意料之中。若是仅仅如此，倒也罢了，这种男欢女爱的晴天雨露只会落入婚外恋的俗套。意料之外的是两人约定，每年在同一个日子来小岛上住一晚，一年只此一晚，演绎了一段现实版的鹊桥会。没想到这一会，竟然会了30年。由梁家辉和袁咏仪演绎的《年年有今日》更像是一个成人童话。明明知道是假的，但场景皆伪，唯心是真。艺术有在是非之外的好与不好，电影如此，文学亦如此。爱本来出自心性，只要心灵是洁净的，一段错位的感情反而会更让人感动并为之愉悦。

四

多年以后，我终于可以不再轻易去对人事判断对错。自然中有一种人世的善意，这比基督教义里的神爱世人让我觉得更加广博。文学者就是以自心的光明照遍世界，随见万象历然。我喜欢在床头放一两本喜欢看的书，虽然其中的文字大都已经看过，但我还是希望能放在随手可及的地方，偶尔翻一下，像延续一个没有做完的旧梦。

《玩笑》后记

　　《玩笑》这本书，我写了很久。

　　说不清楚是从什么时候开始，这个故事就在我的脑海中逐步生发。一开始，只是一个模糊的雏形，一些不甚连贯的片段像是投射在记忆和现实长河中的影像，常常让我分不清是想象还是真的已经发生，一任其在时间汹涌的浪潮中漂泊。多年以前，我在这种无休无止的跌宕起伏中寻觅着回忆的归路，试图把这些片段连缀成篇，终于按捺不住开始动笔。可才一起头，当过去的印记像潮水一般涌来，记忆、想象和现实犹如三面对立着的镜子，将我夹在中间无所适从，让我稍不留神，就会在记忆、想象和现实中迷失，让过去和现在都变得面目全非，才开始的写作就在这种惶恐中一次又一次地搁置了。这一搁，就是很多年。

　　这些年里，我在深圳工作和生活着。这是一个充满活力的城市，我喜欢这个城市的这种鲜活的生机与气氛，到处能够看到朝气蓬勃的人和日新月异的变化。这也是一个躁动不安和充满了诱惑与挑战的城市，有相当长的一段时间，这个城市就像一个超大的建筑工地，到处都有隆隆作响的机器，每隔几个月，就有一座高楼拔地而起。走在路上，看到的人差不多都行色匆匆，脚不点地地往前赶！每到上下班时段，地铁、车站以及全市所有的道路，都被人和车挤得水泄不通。饶是这样，还是有更多的人，怀揣着希望和梦想从全国的四面八方都涌进了深圳。有刚刚大学毕业的年轻学生，有内地各类企事业单位的技术骨干和管理人员，有海归学子以及世界各地的行业精英，也有洗脚上田从乡村土地中出走的农民。这些所有来深圳的人，在一座座高楼大厦和工业园区里进进出出，寻找自己人生的落脚点。常常是来了一波，又走了一波，但来的比走的多，因为更多的人觉得这里是离梦想最近的地方。我周围的朋友们，有的已经事业有成，在这里拥有了自己的公司或是做到了大型企业的高层管理者，有的还正在奋斗的路上埋头前行，走得跌跌撞撞却永不止息。有相当多的人从初来时的一无所有到安营扎寨，混得风生水起，买了房买了车创办了企业，欲望像是热铁皮上面旋转的棉花糖，越转越大，越转越大，所有的人都被一股洪流裹挟着前进，我自然也不例外，也在这种洪流中匆匆忙忙地往前赶。

在这样匆促的工作和生活中，读书和写作是我在纷乱杂陈的喧嚣中构筑的精神世界。我一直固执地认为，文章千古事，文化的进步和繁荣是社会进步和繁荣的标志。但中国在近代的两百年里贫穷落后得太久了，从吃不饱饭到衣食无忧的小康社会已经是非常大的跨越和成就，所以才有那么多的人去炫富，只有穷怕了的人才会对财富产生这么大的欲望、依赖甚至膜拜。农业稳国，商业富国，工业强国，但文化荣国，当国强民富之后，文化繁荣才是能让国家荣耀让民族自信让民众凝聚的核心力量。然而，"雨过不知龙去处，一池草色万蛙鸣"，一个时代有一个时代的特征，文化是建立在物质之上的精神需求，或许是我们这个时代还没有到达精神需求的阶段，就算是有文化搭台，也是经济唱戏，在目的性和功利性的挟持下，文章真的成了小技，但"不为无益之事，何遣有涯之生"，有些事总要有些人去做吧！

这个时候，我又开始写搁置了很久的《玩笑》。

我发现，那些曾经尘封的记忆并未远去。《玩笑》的故事发生在改革开放中期的西北城市，这个城市是虚化了的现实，是我读书和工作过的几个城市的综合缩影。其时，改革开放已进行了很多年，各种资源的不平衡形成了全国各地发展的不平衡，沿海和内地的差异，南北差异，中部和西部的差异都日趋明显。但人是流动的，这种不平衡发展形成的差异就不断地冲撞和刺激着每个身处其中的个体，随着改革进程的加快，不仅地域之间的差异日显，就是同一个城市不同行业的差异也越来越突出，不同管理制度下不同属性的各类企业及事业单位在同一方天地间交相呼应，各种关系犬牙交错，难免产生各种冲突、碰撞还有融合，这最能领略世间百态的众生相，就像我的老师贾平凹说的："历史的河流在大拐弯的时候，船是颠簸的，冲击的惯性带给船上人的是刺激、惊叫、碰撞甚至被摔出船舱。"幸运的是，在这个大拐弯的时候，作为写作者，我们既在船上又在岸上，体验并记录着这样的历史瞬间。文学的表达归根结底是对人的关注，我夜郎自大地认为汉语言是世界上最具艺术之美的文字，并陶醉其中，我热爱我生活过的土地和每一个阶段身处其中的人们，因此，用汉语言忠实地记录和呈现出我热爱的生活和熟悉的人和事是我的职责也是兴趣所在，《玩笑》就是在这样的背景下关注了这样一群人的喜怒哀乐与爱恨纠葛！

重拾记忆，那些萦绕心间的往事并没在岁月的消磨中销蚀不见，那些曾经的人和事也没有随着世事的变迁而洒落在遗忘之乡。相反，之前那些零星的碎片，随着时间的磨砺和想象的发酵竟越来越丰润而鲜活，过去模糊的记忆和想象在现实的映照下也逐渐清晰，那曾经照着我让我无所适从的三面镜子，此时却从不同的角度让我窥见了生活的本来面目，让我在记忆、想象和现实中自由地穿梭。我为自己的蜕变而忘乎所以，在文字的狂欢中兴奋不已，不顾一切地在自己构筑的世界里放诞自我。

虽说是《玩笑》，但我没有一字不认真！

说说《玩笑》

    这些天，遇见的熟人都问我，《玩笑》写了些什么？

    问的人或许只是随口的一句寒暄，但却让我作难了。寒暄就得用寒暄的话来应对，可三言两语，《玩笑》写了些什么，这谁说得清？《玩笑》写的是芸芸众生中几个人生活中的一个片段，在这种片段中再去截取片段来叙述，犹如管中窥豹，断章取义这种事，说得不好就会弄得面目全非。就像大江大河浩浩荡荡，只取一杯煮了茶饮，你还能说喝的是长江和黄河吗？这时，我深切地感受到了一个写作者的无力感。作家一直在书写别人的人生，但却往往总结不了自己！

    2019 年的一整年，我都在写《玩笑》。其实在此之前，已经断断续续地写了很久。一开始，我是给故事确定了一个基本的脉络，让人物顺着脉络往前走，可这样越写越觉得别扭，人成了受人摆布的提线木偶，这跟我想要呈现的那种元气淋漓的生活本来面目完全背道而驰。我希望《玩笑》是一面镜子，让不同的读者从中可以窥见另一个虚构世界里的自己，从而能审视自我。显然，这种预设的构思把人变成了标志化的符号，镜子做成了哈哈镜，照见的人和事都面目全非，当然别扭。于是，把前面几万字的初稿差不多全废弃了，同时废弃的还有之前预设的故事脉络。

    重新开始后，我不再预设场景和故事，而是让人物自己往前走。作者赋予虚构的人物以生命，就要让他有自己的思想和行为，要成为有血有肉的生灵。就像父母教会了小孩子走路，把他放在地上，孩子自己迈开小腿就出门去了，叫也叫不回来。人物活了，自然就有了故事，我只负责营造出一种适合人物故事的气场和意象空间，让他们在这个空间里自由恣意地完满自己的人生。虽然是镜花水月，我也要让镜中花有开有谢，水中月有圆有缺。

　　《玩笑》中的人，就如同你日常交往的某一个朋友、邻居或是同事。好的没有好成圣人那么好，坏的也没有坏成恶人那么坏。他们有着人性中的真情和善意，也有着人性中的虚妄和贪念，在各种欲望的驱使下，追逐并挣扎着，百人百态，困惑不已。我创造他们但不限制他们，任其信马由缰，随性而为。以至于他们要说什么话，做什么事，要哭要笑，要走要停，已经不是我能左右的了。这么一来，竟然写得非常顺手，因为都是人物在牵着我往前走。因此，在写作过程中，《玩笑》的故事情节和人物的最终结局，我和读者一样茫然不知。很多情节和故事，就那么自然而然地发生了。仿佛那些人和事，本来就在那里，是另一个时间线上的现实，一直真真实实地发生着。碰巧在一个时光交错的缝隙中，呈现在了我的面前，我将其一一记录了下来，如此而已。

　　这么说让很多人觉得似乎有点故弄玄虚，但这是真的。故事中的路晓东、文玉、石宁、老蔡下一步要做什么事说什么话，我写的时候跟读者一样感到新鲜而好奇，以至于经常让他们的喜怒哀乐惹得我捧腹喷饭或鼻酸眼热。更多的时候，我是在跟他们一起经历着一段不属于自己的人生。路晓东和石宁在早春的公园漫步时，我确实也嗅到了春日的花香，整个人也沐浴在万物复苏的春天里。当路晓东在酒店房间的梦境里帮石宁找珠链时，我是明显地看到了书房的窗帘无风而动，有一种森森凉意让我汗毛竖起，心里毛毛的，不敢再往下写。文玉在餐桌上与路晓东摊牌时，我喝下去的茶跟他们餐桌上那杯红酒一样苦涩。如此种种，在写作过程中不胜枚举，让我遍尝各种人生滋味。

现在，《玩笑》终于面世。这个时候，作者最需要的是静静地听读者的感受，能少说就不要多说，能不说就最好不说，就让广大的读者去历我所见吧。我对此满怀期待！一部作品面世之前，属于作者，一经面世，就属于所有阅读她的人了。作者只能赋予一部作品里人物的生命，读者才能赋予这些人物寿命，这些人一经与您见面，他们在文学长河里的命运就交在您手里了，是长寿还是短命，都由您说了算！

《玩笑》最终能够面世并与读者见面，我要感谢鼎力相助的几位师长和中国文史出版社的秋生编辑以及为此付出劳动的所有同仁。

最要感谢的是即将读到这本书的所有读者，感谢您能抽出宝贵的时间为《玩笑》中的人物延续生命。愿大家平安如意！

《秦腔评点本》后记

眼看就要过年了，算上今年，这已经是我在深圳过的第七个年了。

都说年好过，月好过，日子难过。但在中国农历丁亥与戊子交接的这个年却委实难过，确切的时间是 2008 年 1 月的中下旬，中国的南方受到了特大暴雪袭击，持续时间之长为五十年来所罕见。此时正值春运，暴雪和冻雨让铁路和公路陷入瘫痪，部分航班停开机场关闭，很多车站和机场滞留了近千万打算回家过年的外来劳务工人，广州和深圳尤甚。

这些天，不论是上班还是回到家里，听到和谈论到的都是关于春运的话题。时间已经过了农历腊月二十三，但广州火车站依然滞留着几十万等待坐车的人。他们中间，大多数人一年甚至几年都没有与家人团圆过。从兴冲冲地在异乡的出租屋里打包行李的那一刻起，希冀或者忧伤的情绪便从眼底心头弥漫开来，一年的劳作，快乐和辛酸都要有个归结，不管怎样，回家过年，也算是给自己已被艰辛岁月磨砺成茧的心一次久违的激励和感动。但一切都被淹没在了火车站广场上。电视转播的画面中，成千上万的人在火车站的露天广场上苦苦等待。冬日的冷雨淋湿了衣襟也浇灭了希望。从最初的激动到焦急的期盼，最后连期盼也没有了，有的只是麻木地等待。归途漫漫，之前也设想过回家会很艰难，但没想到是如此艰难。时代的战车隆隆前行，多少人在为自己的一点成绩沾沾自喜，觉得世界越来越小，坐地便可日行千万里。然而，"天地不仁，以万物为刍狗"，一场突如其来的暴风雪立即显现出了人的无可奈何。在自然灾害面前人是如此的脆弱和无助。人总是要在灾难面前学会忍耐，学会自律，也学会敬畏。正是这样，人类才会不断向前进步。

这个时候，我正在做《秦腔》的评注。

我一直相信，人是有宿命的。多年之前，也是年关临近，我开始了《高老庄》的评注。算起来，时间已经过去了九年。人世的沧桑变幻，总在平常的起居坐落间侵蚀在日升月缺的轮回中，回首已是疏影横窗。这年，过得也真是快！

深圳的年味还是很浓的。小区，公园，商场，街道，都挂起了一溜带串的红灯笼，装点得到处都是喜气洋洋。但天依然很冷，气象局低温警报从黄色升到了橙色，商场的电暖器已经卖到脱销。我穿着厚厚的羽绒服坐在电脑前写我的《秦腔》评注文字。人在深圳，思绪却在秦川大地的清风街上，这个时候的清风街应该也是冰天雪地，但我却正随着清风街的张引生经历着西北的酷暑。这种时空的落差经常让我有一种不知身在何处的错位感。庄子在《齐物论》中说："昔者庄周梦为胡蝶，栩栩然胡蝶也，自喻适志与！不知周也。俄然觉，则蘧蘧然周也。不知周之梦为胡蝶欤，胡蝶之梦为周与？"庄周梦为蝴蝶，怡然自得，醒来不知庄周梦为蝴蝶，还是蝴蝶梦为庄周。我的梦中没有蝴蝶，有的只是清风街的张引生、夏天智以及清风街的一草一木。在这种状态下，《秦腔》的评注就进行得非常顺利。原著已经看了很多遍，其中的人物和情节都已烂熟于心，文字批注得于心而应于手，有感而来则信手而至，无话可说则从容而过，唯发乎心而达于意。在这个寒冷的冬日，有这样仪心的事情可做，让我能够出离尘嚣的烦扰而又归于尘世的思考，也算是一件幸事。庄周梦为蝴蝶，乃庄周之幸，蝴蝶梦为庄周，乃蝴蝶之不幸。不入世怎么能够出世？《秦腔》就是尘世，这

玩月记事

种不加雕琢，浑然天成的大气象正是生活的原味和本真。许多人笑着、骂着、议论着，但却只是把眼光留在了浪花泛起的泡沫上，还有多少人会沉下心来，安静地去读一部五十万字的书呢？

我的梦里没有蝴蝶，有的只是清风街。但我时常会被一种恐慌惊醒，现代的人这样匆忙，甚至不能平心静气地读完一本书就可以大发议论，还会有人关注我的评注文字吗？况且我所言者，自以为是而未必果是；而人所趋者，我以为非而未必尽非。如此，那我这些随兴而为的文字，会不会被世人沦为笑谈而作覆瓿之用呢？

在这种惶恐之中，我将评注文字的部分初稿发给了工人出版社的李阳老师。他阅后给予了肯定并提出了非常宝贵的建议。在此期间，与北京一直帮助并关注我的野莽老师常通电话。每次和他的畅谈都让我受益匪浅，这种交流常常使我感慨万千，经过了许多世事的变幻莫测和人心的伪善凶险，越发觉得有一个真正的良师益友是多么可贵。岁月峥嵘，山河浩荡，真正理解你的也就那么几个人！

如果说好的小说是一座山，那么《秦腔》就是土石草木自然天成而未经雕琢的一座山；如果说好的行文如一道河，那么《秦腔》就是冰雪雨露交融汇集而恣意汪洋的一道河。人世间的大成者都是无从雕琢不留痕迹的，如四时成岁，如日月流年，如《秦腔》。我所想的和做的是希望读者在读这本书的时候能够读得慢一点，再慢一点。大音希声，大象无形，我希望读者能够得其意而忘其形。宋代禅宗大师青原行思说参禅有三重境界：看山是山，看水是水；看山不是山，看水不是水；看山还是山，看水还是水。参禅如此，人生如此，作文亦如此。《秦腔》遍录方言巷咏之声，详记嬉笑琐屑之事。著者缀辑琐语而费心经营，批者追行逐句而随兴点染，皆发乎心而达乎意！

不求能入通达显贵者之眉眼，但求能润缁衣伶工者之心胸。心念至此便心境了然，抛却了我所评注的文字可能赘为蛇足的顾虑。所谓暗室无灯，有眼皆同瞽目，平凹开了一道门，我能不推开一扇窗吗？于是，安心做我的《秦腔》评注。

到了农历大年三十，天依然冷着，但肆虐了半个多月的暴风雪停了。电视新闻上说受困于广州火车站的几十万人已全部踏上了回家的旅程，还有相当多的人都得到了当地政府的妥善安置。那里面一定也有像清风街一样地处西北一隅的外来务工者吧！天地不仁，人间有爱，兄弟姐妹们，我们一起过年吧！

此时，有人在敲门，敲门的是清风街的张引生，引生来了，今年过年我得放一段秦腔听！

玩月记事

说说《秦腔》

把一部小说的故事梗概介绍给读者，往往是引读者入彀的首术。

可我发现，《秦腔》的故事梗概非常难写。因为这部五十万字的著作竟然几乎可以说没有一个完整的故事情节，它都是些没完没了的生活片段的连缀，用贾平凹本人的话说就是"鸡零狗碎，汤汤水水，黏黏糊糊"。你似乎觉得哪一个片段都不重要，但是你要真舍弃了哪一个片段却都不行。就像我们每时每刻都在呼吸，但只有在你的呼吸系统出了问题你才会意识到呼吸的重要。作为小说，《秦腔》是一个整体，作为故事，《秦腔》是一个片断，没有开始，没有结束，也没有高潮，所以就无从概括，但你又不能说它不是故事，故事可以概括，但生活无从概括，秦腔就是生活。

难归难，写还是得写。

《秦腔》的故事以贾平凹曾经生活过的陕西乡村棣花街（小说中的清风街）为原型，通过主人公"疯子"引生的眼和口向读者展现出了现代乡村生活的一个片段。故事由两条主线贯穿始终，一条是夏风和白雪婚姻的开始和破灭，另一条是老主任夏天义和新主任夏君亭叔侄之间的矛盾和冲突。两条线时隐时现，交错缠绕，如一条根生出的两枝藤蔓，时分时合。在分合之中又生出了许多枝枝叶叶，清风街鸡零狗碎的生活片段就这样被连缀起来了。在省城工作的夏风和县剧团的秦腔演员白雪结婚了，但清风街的张引生却苦恋着白雪，这种可望而不可即的爱情折磨着引生也影响着白雪。他像一个影子一样在清风街游荡，意识和灵魂常常神游物外，清风街的一切就都看在了他的眼里。

夏风的父亲夏天智退休在家，在清风街享有很高的声望。他酷爱秦腔，每天在家里用马勺画着不同的秦腔脸谱而乐此不疲，但却不能阻止秦腔的衰败。老主任夏天义为了保护耕地率众阻止修路，因此被撤去了村主任职务，取而代之的是夏天义的本家侄子夏君亭。两代人在如何发展清风街的决策上产生了严重的分歧，夏君亭主张筹建农贸市场，夏天义主张继续在七里沟淤地。最终夏君亭筹建了农贸市场，带来了利益的同时也带来了很多问题。

土地供养了村民的吃喝但却不能让农民的日子过得富裕，许多青年劳动力就大量外出打工，外出打工却并不能如愿挣到钱，就有了偷盗、抢劫甚至杀人的恶性事件发生。土地在不断减少，但许多农民却再不愿意种地，许多地就成了荒地，老主任夏天义认为土地才是农民的根本，就带了引生和孙子哑巴去七里沟淤地。

夏君亭筹建的农贸市场让清风街有了活力，但大多数村民依然贫困不堪。到了年底，税收问题激化，发生了村民和镇政府对抗事件。就在这个时候，夏风和白雪的婚姻走到了尽头，夏天智因此胃癌复发离世。开春之后，清风街下了一场大雨，坚持在七里沟淤地的夏天义被滑坡的山体掩埋在了七里沟，埋葬他的地方立了一块无字碑。

故事结束了，但清风街的生活还在继续！

很多人看《秦腔》，觉得人物太多，相互之间错综复杂的关系让人头晕。

确实，一部《秦腔》，主要人物有二十多个，而涉及的其他有名有姓，无名有姓，有名无姓以及无名无姓的人物总共要有六十多个，这在中国现代文学作品中是极其罕见的。

玩月记事

《秦腔》整体意象空间建构

从结构和章法来解构和剖析《秦腔》的写法是徒劳无益的,《秦腔》张扬的是一种元气淋漓整体意象,我们从中感受到的是一种浑然天成的自然本真。我只能从意象入手,来领悟一下作者是怎样建构起了这样一种整体意象空间。

何谓意象?许慎在《说文解字》中说:"意,志也,从心察言而知意,从心,从音。"意思就是说意是从心里发出的声音,"意象"则是内心声音的外在表象。南朝梁刘勰《文心雕龙·神思》中说:"积学以储宝,酌理以富才;研阅以穷照,驯致以怿辞。然后使玄解之宰,寻声律而定墨;独照之匠,窥意象而运斤。此盖驭文之首术,谋篇之大端。"刘勰的阐述虽然精辟,但概念还是有些抽象,不如让我们回到《秦腔》本身,来看看贾平凹是如何使"独照之匠,窥意象而运斤",从而谋篇驭文,成就了这样一部大书。

用一种表象的呈现来反映人物内心状态是《秦腔》意象建构的惯用手法:

现在看来,我的四六句写得不好,太想有文采反倒没展开,但我是写了,清风街这么多人独独我是写了,我一想起来,我都为我的勇敢感动得哭呀!当大家围近去看了小字报议论纷纷,尤其夏天义也发了大火,我是一直藏在铁匠铺的山墙后偷偷看的。自爹死后,我张引生什么时候受人关注又被尊重过,这一回长脸了!我兴奋得将一只猫掼进铁匠家的烟囱中去了,过了一会儿猫钻出来,白猫变成了黑猫。

这是主人公张引生在清风街贴了一张小字报之后的一段自我表述,小字报的内容是反对新的村主任夏君亭用七里沟的地换水库的四个鱼塘，夏天义不同意，所以引生也不同意，当然还有很多清风街的村民也不同意，这个时候夏天义还不知道，所以还没有人能够站出来与村主任抗衡。此时，张引生——一个在清风街最无足轻重的小人物却贴了一张小字报。这段话的意象表现在最后一句话上，"白猫变成了黑猫"，这是一个不起眼的人自认为被关注和尊重之后的一种心理改变，作者没有直接说他的心理如何变化，但这种纯粹白描的具象呈现却非常恰当地描摹出了引生的心态。

《秦腔》中的意象表述，常常用情节铺陈来演化意象。一句话说不清楚，它是连贯的，往往要顺着一条线贯穿好几个段落，就如草蛇灰线，伏笔千里。

砖场里没了白娥，空荡荡的，三踅就耐不住了，到武林家来。武林在磨黄豆，小石磨呼噜呼噜的响，豆浆白花花往下流，白娥黑娥将一口袋黄豆倒在笸篮里拣里边的小石子。武林看见三踅把草帽挂在门闩上，说了一声："是，啊是三踅！三踅你，你是吃了没，啊没？"白娥起身就钻到卧屋去。黑娥也跟进去。白娥说："他是为我来的！"黑娥说："你收拾漂漂亮亮了再出来，出来了不要理他！"三踅在门槛上坐下来。武林喊："白娥，啊白娥，娥，三踅他来，来，来了！"三踅就看见白娥一挑门帘，花枝招展地出来，忙给白娥笑。白娥没理，坐在笸篮前拣石子儿。武林说："三三踅，你有，啊有，啥事的？"三踅觉得没趣，说："我来买豆腐。"买了二斤豆腐提走了。

这一夜，三踅在砖场的床上手脚没处放，把枕头压在腿下。候到天明，又去了武林家。武林在锅上过滤豆浆，屋子里烟雾腾腾，还是说："三踅啊你，吃吃，吃了，啊没？"三踅说："白娥在不？"武林朝着卧屋喊："白，白，白娥！"白娥听声知道是三踅又来了，偏不吭声，坐在卧屋镜子前换新衣服。过了一会儿出来了，穿了件短袖褂，白脖子白胳膊的，还是不理三踅，坐到灶前烧火。三踅拿了柴棍戳白娥的腰，武林一回头，柴棍不戳了。武林说："三踅你，你，没啥事，事么？"三踅说："我买些豆腐。"提了二斤豆腐走了。

这是三踅与白娥闹矛盾之后的一段情节，三踅来武林家的本意是邀请白娥回砖厂，但三踅是有家室的人，他与白娥的关系不能公开，尤其是不能在白娥的姐姐家公开，很显然，三踅与白娥的关系武林不知道，但黑娥是清楚的，却只能是心里清楚不能说出来，这样，就有了尴尬，有了尴尬就有了故事。这里的意象表述中有很多物事：武林的问候、磨豆浆、拣黄豆中的石子、三踅与武林的对话、买豆腐。而所有这些意象的表述都不是单一的，它是一个整体，也不是泾渭分明的，它是模糊的、浑浊的。它们共同构建起了一个意象空间，用情节的铺陈把闹别扭的一对男女各自的情态活画出来了。但你要将这些表征意象的情节与物件孤立开来，它们就什么都不是，这是《秦腔》意象建构不同于其他意象表述的区别所在。

用神秘的、不可解释的事象传达意象

每个人都可能有过一种经验：在你的生活中，有时会碰到一些你无法解释的事，这种事都有一定的神秘性，而且往往会给你某一种预示，你无法说清楚这种预示的根据和来由，但你的行为却会不由自主地随着这种预示向前走。这种事往往古代的比现代的多，乡村的比城市的多，清风街是一个蕴藏着古老传统的乡村，因此这种事尤其多。

我在七里沟里唱着秦腔曲牌，天上云彩飞扬，那只大鸟翅膀平平地浮在空中。但大清寺里的白果树却在流泪。这流泪是真的。金莲一个人在村部会议室的大桌上起草计划生育规划表，听见丁丁当当雨声，出来一看，天晴着，白果树下却湿了一片，再看是一枝树股的叶子上在往出流水。金莲觉得稀罕，呼叫着戏楼前土场上的人都来看，有人就皱了眉头，说这白果树和新生果园里的大白杨一样害病，一个鬼拍手，一个流泪，今年的清风街流年不利？金莲就蔫了，不愿意把这事说给君亭。但白果树流泪并没有停止，一直流了三天。白果树是数百年的古树，村人一直视它为清风街的风水树，白果树突然流泪，议论必然会对这一届两委会班子不利，君亭就和上善、金莲商量一定要保护好白果树。

夏天智死后入殓之前：

　　上善就说："四叔四叔，还有啥没办到你的心上？"屋子里没有风，夏天智脸上的麻纸却滑落下来，在场的人都惊了一下。把麻纸又盖在夏天智的脸上。奇怪的是麻纸盖上去，又滑落了。屋里一时鸦雀无声，连上善的脸都煞白了。白雪突然哭起来，说："我爹是嫌那麻纸的，他要盖脸谱马勺的！"把一个脸谱马勺扣在了夏天智的脸上，那脸谱马勺竟然大小尺寸刚刚把脸扣上。

　　第一段内容，白果树流泪是一种意象，大白杨拍手也是一种意象，是自然现象的外在反映，本来或许并不离奇，但出现在了清风街的一个特定的时候，就显得离奇而诡异，其实离奇与诡异的不是白果树和大白杨，是人心。人心在浮躁着，没有依靠，找不到一个可以安落的去向，就有了畏惧。

第二段是写夏天智死后入殓之前的一段情节，反复掉下的麻纸，刚好扣在脸上的马勺，都给人一种不可解释的预兆。逝者已矣，本已无意无念，有意有念的是生者。而说话和做事的不是夏天智的儿子夏风，却是已经和夏风离婚的儿媳白雪，这就显得意味无穷。作者总是无时无刻不在用一种现象来传达意象。

《秦腔》中的意象表述就是这样，它是连缀的，将自然的、现实的、人为的许多现象都交错在一起，形成了一种浑浊的但又完整的意象空间。

《秦腔》善于以物与事的相互联系来映衬意象。谁都不会孤立地生活在社会之外，当你进入某一个社会状态中，你就成了其中的一部分，人是这样，事与事之间也是这样，甚至处在这个空间的鸡猫猪狗都是这样：

这边把人一带走，巷子里就嚷："改改被抓走了！抓去流产呀！"挑了两桶水过来的金莲放下担子，说："白雪，我得走啦！"转身跑了。白雪挑不动两桶水，只身回来，她娘在院里双眼瓷着，一语不发。院里有一只猫，卧了一团，头却仰着天，两眼睁得圆圆的，而一只鸡，斜着身子，探了脑袋，步子小心翼翼地往猫跟前走。猫不知怎么看着天流泪，鸡也不知这猫又怎么啦，这么可怜？白雪到了这会儿才明白了金莲是故意要把她引开的，倒埋怨娘不会办事，弄巧成拙。

这里的意象表征是一只鸡和一只猫，表面上看它们毫无相干，但在这个特定的环境中，他们就有了某种联系，这种联系你说不清楚，也无法解释，谁看了有谁的理解，一解释就可能走了样，甚至作者自己也不可解释。《石头记》第二十回"林黛玉俏语谑娇音"中有这样一段："林黛玉啐道：'我难道为叫你疏他？我成了个什么人了呢！我为的是我的心。'宝玉道：'我也为的是我的心。难道你就知你的心，不知我的心不成？'"脂砚斋主人在此评道："此二语不独观者不解，料作者亦未必解；不但作者未必解，想石头亦不解；不过述宝、林二人之语耳。石头既未必解，宝、林此刻更自己亦不解，皆随口说出耳。若观者必欲要解，须揣自身是宝、林之流，则洞然可解；若自料不是宝、林之流，则不必求解矣。万不可记此二句不解，错谤宝、林及石头、作者等人。"

　　"秦腔"是贯穿始终的一个大的意象表述。

　　秦腔是中国最古老的戏曲种类之一，盛行于西北，现今已开始没落，从这个意义上来讲，贾平凹用"秦腔"来命名，本身就是一个大的意象表述。在清风街，以夏天智为代表，痴迷于秦腔者很多，他们高兴时听秦腔，悲伤时听秦腔，热闹时听秦腔，孤独时也听秦腔。作为一种文化，秦腔已经深入骨髓。但时代在变迁，经济结构的改变也表现在了文化观念的冲突上，这种传统的文化也受到了新的文化冲击，一切都在解构中裂变，但新的文化并没有稳固也不能被传统接受（如陈星演唱的流行歌曲）。这样，冲突就不可避免。从秦腔剧团的没落可以看到，传统的文化和生活观念已经在逐步退缩，在整部《秦腔》中我们看到了无数次播放秦腔的场景，这些场景都不同程度地反映了秦腔的衰落。有观点认为，这些描写秦腔团的衰落，以及夏天智、白雪等对秦腔的痴迷是为了渲染一种旧的传统的气氛，为了给死气沉沉的生活注入一股生气，持这种观点的评论家并没有理解作者的真实意图，或者说与作者的意图发生了错位，原因就是他们没有看到《秦腔》所张扬的整体意象。其实，这些表现秦腔衰落的场景，是为了给秦腔所代表的传统的乡土文化的衰落唱一曲挽歌。很多人都在说传统文化艺术的重要性，而且也采取了不少保护措施。但是，包括秦腔在内的传统文化艺术，的确是在走向消亡，其文化市场越来越小。但是，我们还必须看到，在不同的文化地域，也存在着如夏天智、白雪一样与传统文化艺术共存亡的人。就此而言，这些描写，更加增强了作品的悲剧性，也加深了作品文化意蕴的沉重感。这就是"秦腔"的意象指向，也是整部《秦腔》所建构的整体意象空间的独特性。

如前所述，《秦腔》人物众多而又错综复杂，故事平常而又零碎繁琐。但整部书看下来，我们发现，这些零碎片段的连缀却极其完整，而表面松散的叙事结构又非常严密。我们评论一部小说，尤其是长篇小说，往往关注于其人物故事的跌宕起伏，结构文辞的繁简疏密，而所有这些平常所用的理论在解读《秦腔》时都派不上用场。

但是，毫无疑问，《秦腔》是完整而严密的，在我试图解构它的时候竟然发现甚至找不到一个可以进入的突破口。你感觉到有一种浑然天成的大气象弥漫于整个作品之中，其中的一人一物，一草一木，一花一石，似乎全然不费经营，不加雕饰，全在不经意中流入作者之手笔而映入读者之眼目，平常得让你忽略了他们的存在，但回过头你却发现哪一个都不能取舍，因为其间的每一个物件都有它所表征的意象，如牌楼、戏台、白果树、牛皮大鼓、七里沟、万宝酒楼、农贸市场等等，不一而足。问题的关键不仅在于此，还在于这里面所有的东西都构筑成了一个整体，俨如一个气场，任何东西只要涉入其中，就会被感染，被同化，被吞噬，最后被融入其中。

　　这个空间是混浊的，你无法分辨，也无法将具体的事与物，人与物，人与事划清界限。这确实是对现有写作和评论的一个挑战。毫无疑问，这是一种意象在起作用，但这种意象又不同于我们通常所说的意象，通常的意象大多出现在诗词作品中，如春花、秋月、芳草、柳絮，又如枯藤、老树、昏鸦、小桥，再如大漠、长河、落日、远帆等等，这些意象表征都是单一的或者说是相对单一的，它们彼此虽然也有联系，但各自的独立性也很强，最关键的是它们都很典型并且无一例外都有一定的指向性，而且这些意象都是相对静止的。但《秦腔》不同，其间的一人一物一事是完全混浊的，你无法把它们清晰地区分开，没有典型性也没有特定的指向性，它的指向性很泛，并且只有存在于这样一个整体之中才有意义，也就是说在这个整体空间里它有一定的表征，但离开了这个空间就什么也不是。这就像木心评《红楼梦》里的诗词如水草，"取出水，即不好。放在水中，好看"。

　　还需要强调的是，它并不像通常的意象那样是静止的，它是流动的，活的，是整个空间的一种意象流动，就像种下了一粒种子，它自己会发芽，会生长，有了自己的生命，这个生命在作者建构的这个意象空间里涌动，如同佛教中菩萨加持后的法器，它自身也有了能量和法力，使大的气场里涌动着无数个小的气场，形成了一个密不透风的整体。说它密不透风，只是来表征它自身的完整性，并不是说它与外界隔离，恰好相反，它具有很强的外延性，它的触角可以伸得很远，有很大的包容性。这就是我想强调的整体意象空间。

整体意象空间建构的艺术效果

要说《秦腔》，当然首先要说清风街，但清风街上的事，一句话说不清楚，我随便从中拣了一段：

戏楼上叮叮咣咣敲打了半个时辰，红绒幕布终于被两个人用手拉开，戏就开场了。先是清唱，每一个演员出来，报幕的都介绍是著名的秦腔演员，观众还是不知道这是谁，不鼓掌，哄哄地议论谁胖谁瘦，谁的眼大谁的脸长。后来演了两个小折子，一个须生在翻跟头时把胡子掉了，台下就喝倒彩："下去，下去，要名角！"表演艺术家王老师，在接下来就登场了，但她是一身便装，腰很粗，腿短短的，来了一段清唱。台下一时起了蜂群，三蓮一直是站在一个碌碡上的，这阵喊："日弄人哩么！"他一喊，满场子的人都给三蓮叫好，王老师便住了声，要退下去，报幕的却挡住了王老师，并示意观众给名角掌声，场子上没有掌声只有笑声，突然间一哇声喊：不要清唱，要《拾玉镯》！这么一闹腾，我就来劲了，撒脚往戏楼前跑。戏楼下一时人又挤开来，有小娃被挤得哭，有人在骂，三只鞋从人窝里抛了出来，正巧砸在我的头上，我说："砸你娘的 × 哩！"日地把鞋又砸到人窝里去。秦安一把拉住我，说："引生引生，你要给咱维持秩序啊！"他先跳上台让大家安静，可没人听秦安的，秦安又跳下台问我："君亭呢，君亭没来？"我说："君亭饭后就到水库上去了，你不知道？"秦安眉头上就挽了一个疙瘩，说："弄不好要出事呀，这得搬天义叔哩！"剧团演出队长说："天义是谁？"我说："是老主任。"秦安就说："引生你领路，让队长把天义叔请来！"

之所以要拣这一段让读者看，是想让读者知道，整个《秦腔》中，差不多都是诸如此类的叙述，我拣任何一段都一样，这就是它与别的小说的不同之处。《秦腔》之中所建构的整体意象空间不是一个词、一句话能够说清楚的。就像我之前叙述的那样，这个空间是混浊的，你无法分辨，也无法将具体的事与物，人与物，人与事划清界限，你一旦解构开来，就很容易失去它的本来面目。

清风街上所发生的一切，在今日中国的每一个角落都发生着。平淡而琐碎的日子如同春阳下河滩上的漫水一样踽踽而行而又从容不迫，这些日常生活中的鸡零狗碎被《秦腔》原原本本地记录下来了，作家沉着舒缓的笔似乎比生活本身更加地琐碎繁杂，也更加地从容淡定。小到清风街，大到西北，再大到整个中国，一个时代的缩影都在清风街呈现出来了。

我们再看一段：

我也是反对建什么农特产贸易市场的。我跟在夏天义的屁股后，他到染坊我到染坊，他到大清堂和赵宏声说话，我也到大清堂和赵宏声说话。我见人说："知道不，君亭要建农贸市场呀，这不是胡闹吗，那几十亩地是插根筷子都开花的肥地，说糟蹋就糟蹋呀？"旁人说："老主任你咋看？"夏天义说："土农民，土农民，没土算什么农民？"旁人说："那我听老主任！"夏天义并不回应，背抄了手继续往前走，他后脖子上壅着肉褶褶，随着脚步颤儿颤儿颤。我小跑步撵他，我说："天义叔，天义叔，你后脖子冒油哩！"夏天义不理睬我。我又说："袄领子都油了！"夏天义还是不理睬我。

我说："那怕把衣服油完哩！"但是，丁霸槽在一旁说我："引生和来运是一样啦！"这话我不爱听了。和来运一样又怎么着？来运跟着夏天义走，只要赛虎一出现，它就爱情去了，我张引生比来运忠诚！我们最后走到书正媳妇在中街开的饭店门口，夏天义回过了头，说："你吃不吃凉粉？叔请你！"我说："你去年打过书正，他媳妇肯卖给咱凉粉？"夏天义说："我打过书正？"我说："伏牛梁上退耕还林的时候，书正为兑换地要死狗，你去扇过他一巴掌。"夏天义说："这事我都忘了，你狗日的还记着！"就站在饭店门口，噗噗地吸黑卷烟。书正的媳妇大声地说："是老主任呀！"夏天义说："叫二叔！"书正的媳妇就说："二叔你吃呀不？快坐快坐！"用袖子擦板凳。

　　大家可以看到，《秦腔》中几乎没什么大事发生，每天都是平淡而琐屑的日子，一部五十万字的书，从头至尾，几乎感觉不到有什么变化，但有一种无形的力量在推动着作者和读者向前迈进，就在你不经意回头的时候发现生活已经不是原来的模样，有一种改变使我们感觉不到它在改变，就像我们盯着一块面包看不到它正在腐烂一样，一切都在悄无声息中进行着，这种沉静舒缓的力量让每一个置身其中的人几乎感觉不到它的存在，因为你无所感知，所以你无法阻挡！这种沉静舒缓的力量就源自整体意象空间，它如同一个气场，感染你的同时也带动着你，有一种活的意蕴在整个作品中涌动。就如同秦腔中的流水慢板，说不清是它推着你还是你随着它一直往前走，再往前走。忽然之间，该来的和不该来的都来了，不管你愿不愿意接受。

　　我们经常说在某某作品中看到了某某事物的影子，某某人的影子，但就是没有看到某某事物或某某人本身。然而，《秦腔》就让我们看到了事物和人本身，这么一部大书，似乎完全不费经营，不加雕琢，有一种浑然天成的大气象贯穿全篇。就像贾平凹自己在《废都》后记中说的："好的文章，囫囵是一脉山，山不需要雕琢，也不需要机巧地在这儿让长一株白桦，那儿又该栽一棵兰草的。"同样的观点，他在《白夜》后记中也有提到"说平平常常的生活，生活是不需要技巧的，生活本身就是故事，故事里有它本身的技巧"。没错，故事里有它本身的技巧，就像一条河，它苍莽而来，又无序而去，我们看到的和经历的只是中间的一段，这种表达完全达到了艺术与生活同构的效果，其实，这么多年以来，从《废都》《白夜》到《高老庄》，贾平凹一直在一种苍茫无序的结构中张扬着一种意象，一步一步地还原着生活的本真，到了《秦腔》，这种意象的表达更臻圆熟。就像宗白华在《美学散步》中所述："这种还原并不是一个单层的、平面的、表象的再现，而是一个境界层深的创构。从直观感想的摹写，活跃生命的传达，到最高灵境的启示。"王怀义在《红楼梦意象构成研究论略》中也有相似的观点："意象化情境也不是叙事文学作家对现实生活的机械的模仿写造，不是一个单层、平面、自然的摄像，而是一个满蕴哲理式领悟的立体、深层，经过作家反复锤炼，富于诗意灵境的叙事场景，这样的过程是一个意象化的过程。"正是这样，贾平凹在他的突破中非常恰当地切入了文学的本质，他没有丢弃传统，也没有故步自封，在传统的语言形式下蕴含了一种超越时代的思想和张力，从而使文字的内延性无限地扩大而显得意象无穷，在他的文字中无时不在追求着一种浑然天成而又元气淋漓的大气象。

贾平凹用一种整体意象空间，将一些零碎的、繁杂的琐事连缀起来，从而建构了一段浑然天成的乡村史诗。正像他自己说的："我欣赏这样一段话：艺术家最高的目标在于表现他对人间宇宙的感应，发掘最动人的情趣，在存在之上建构他的意象世界。"《易经·贲卦》的象辞讲："刚柔交错，天文也；文明以止，人文也。观乎天文，以察时变；观乎人文，以化成天下。"贾平凹在他的文字中追求的正是这种天人合一的自然境界，这或许正是中国汉文化的精要所在。

《秦腔》的叙事如行云流水，所有情节皆信手拈来，处处藏针伏线，文字掩映于千里之外，却又全无人工穿凿附会之痕迹。老子在《道德经》中说："大方无隅，大器晚成。大音希声，大象无形。"老子的观点是不论方物、器皿、音乐以及意象，凡经人工雕琢的都没有自然的淳美和大气。他的后来者庄子在《齐物论》中把声音之美分为"人籁""地籁""天籁"三种。"人籁则比竹是已"，即箫管之类属下等；"地籁则众窍是已"，即风吹窍穴之声属中等；"天籁"则"吹万不同而使其自已也，咸其自取怒者其谁邪"，即天然自生的自然之声，为上等。在《天运》中，庄子还论述了"天籁"的特点："听之不闻其声，视之不见其形，充满天地，苞裹六极。"郭象对此的注解是："此乃无乐之乐，乐之至也。"这和老子所提倡的"大音希声"是一脉相承的。乐理也好，文理也罢，理论的最高境界是相通的，所谓返璞归真，万法归宗。在空间的建构和整体意象的把握上，《秦腔》真的做到了"大方无隅，大象无形"，达到了艺术与生活同构的境界。

建筑的美学之旅

——读书随想录

"城市，让生活更美好！"

这是 2010 年上海世博会的主题。

确实，人类文明发展的进程，就是一个不断城市化的过程。建筑，则是一个城市的标识，也是千万年来，人类文明进程的印记。建筑是用石头砌成的历史，不像文字那么容易篡改，成为我们窥见过去的历史印记。

在时代的战车隆隆前行时，每个人都在被裹挟着跟随潮流，走着走着，茫然四顾，已看不清未来的方向，再回头找来时的路，很难知道自己从何处来，到何处去。人总是有寻根的情结。就像老年人记不得早上吃了什么，却能常常想起儿时的琐事，甚至连当时的细节都历历在目。科学研究认为，这是人类返祖意识中的遗传密码，那么，追溯过往应该也是人类集体意识中的一种返祖本能，我们只有在不断的回望中才能不忘初心。

建筑，让我们回望的目光有了可以依托的现实。

寻根·两本书

探寻中国古建筑的学术依据，颇有难度。

建筑的发展跟一个民族的文化渊源和哲理传承密不可分。东西方建筑在过去相当长的时间里，都循着自己的道各擅胜场。从具象的建筑器物中去寻找抽象的文哲分野，非贯通文理的学者很难抓到本质，这很让我们这些只会看热闹的外行困惑。前些天听了清华大学建筑学院博士王南老师在"一席谈"中的《营造密码》演讲，颇有醍醐灌顶之感，由此对东西方建筑发展的文哲意蕴有了一个大致清晰的认识。"听君一席话，胜读十年书。"王南老师从建筑的结构美学入手，通过东西方文哲的渊源，找到了东西方建筑不同的美学密码，让看到建筑结构和数据就头疼的文科生听起来也毫不费劲。把复杂的事说简单了，这是贡献。

谈中国古建筑，不能绕开一本书——《营造法式》。

谈《营造法式》，当然又不能绕开一个人——梁思成。

我们知道，中国古代建筑技术，都是靠师徒口传心授或以钞本的形式薪火相传，很少编著成书。集土木工程建筑和工匠鼻祖于一身的鲁班大师，是神一样的存在，但身后却一样没有留下可供后人学习的著述典籍，这让研究中国建筑的学者只能望祖兴叹，引为憾事。在中国，很多技艺都有这样言传身教的师承传统，编著成书惠及广众的凤毛麟角，《营造法式》无疑是其中一部难得的巨著。1925 年，在宾夕法尼亚大学攻读建筑学的梁思成收到了一本《营造法式》，是他父亲梁启超寄给他的。时年二十四岁的梁思成收到这本书，自然欣喜不已。可问题来了，梁思成发现自己根本看不懂。可以想象，连学建筑的梁思成都看不懂的建筑学著作，在其他人眼里，基本就是一部天书。

此后很多年，这成了梁思成魂牵梦萦的一个心结。学成回国后的 1930 年，年轻的建筑师梁思成加入了中国营造学社。这是中国历史上第一个专门研究古建筑的学术机构，梁思成希望能够通过对古建筑的研究打开那个心结。他的思路是，既然与相隔千年的古人不能在书中融会相通，那么就从现存的古建筑中去寻找破解天书的密码。《营造法式》是北宋建筑学家李诫编著的，梁思成就与他的同事们在中国大地上遍寻唐宋辽金时期的古建筑。幸运女神往往会青睐痴心不改的人，一次偶然的机会，梁思成从一幅敦煌壁画中看见了唐朝的楼阁建筑。按图索骥，他从北京来到了当时天津蓟县的观音阁、来到了山西应县木塔，还来到了当时仅存的唐代建筑——山西五台山的佛光寺。通过多年的反复考察与测绘，他终于找到了破解《营造法式》的密码，离他第一次拿到这部被称为天书的巨著，时间过去了正好十二年！

　　梁思成通过对这些不同时期、不同地方的不同建筑进行测绘，发现这些建筑的木构件不论在雕梁画栋还是飞檐斗拱上，都遵循一个特定的标准，就是《营造法式》中讲的"凡构物之制，皆以材为祖"中的材。原来这个"材"定义了一种标准的木材规格，《营造法式》把标准木材的横截面规定为 3 : 2 的比例，这不仅具备了很高的科学受力性能，而且使其易于标准化。依此比例，书中又把这个"材"分了八个等级，用于不同等级和规模的建筑。《营造法式》对不同规模和级别的建筑物规定了标准："凡屋宇之高深，名物之短长，曲直攀折之势，规矩绳墨之宜，皆以所用材之分，以为制度焉。"这实际上规定了建筑用材的模数化设计，并使之形成制度和标准。除了用材方面的规定，《营造法式》中的第一张插图叫"圆方方圆图"，其中的文字说明引用了一本更古老的书《周髀算经》里的一段话："万物周事而圆方用焉，大匠造制而规矩设焉，或毁方而为圆，或破圆而为方。"

　　这个"圆方方圆图"让王南老师产生了极大的兴趣，他在先辈的基础上又做了进

　　　　　　　　　　　　　　　　　　　　　　　　　　玩月记事

一步地探究。天圆地方是中国传统哲学独有的宇宙观。《周髀算经》是中国古老的数学和天文学著作，自然会遵循这种自然法则。《营造法式》也一脉相承，对建筑外形轮廓及其室内装饰陈设有一个总体比例的规定。王南老师经过大量的考证验算发现，中国古建筑的外形轮廓，基本都遵循了以圆内切正方形的边长和圆直径这样的比例关系。把这样的比例关系用在了建筑内外的方方面面，而且在建筑的各个部位反复使用，达到了高度的统一和视觉和谐。这也是中国古建筑给人一种庄严、宏大、和谐统一的自然之美的原因所在。

有了这样的一套标准，唐宋时期的建筑最大限度地实现了规模化生产，极大地加快了营造建筑的施工效率。由此也就不难理解唐宋时期出现的中国古建筑的建造神话。

也因这样一套标准，中国古建筑就自成一派等级分明的体系，通过建造层级分明的建筑，来清晰地表明统治关系。普罗大众仰望君主，君主仰望神祇。

如果说中国古建筑的美学密码是天圆地方的宇宙观和标准化的模数材料设计应用，那么西方建筑是不是也有自己的美学密码呢？

当然是。

我们来说说第二本书——《建筑十书》。

两千多年前，希腊人在雅典卫城的最高处建造了一座供奉雅典娜女神的庙宇——帕特农神庙。帕特农神庙呈长方形，有半个足球场那么大，四十六根高达三十四英尺的大理石柱撑起了神庙。帕特农神庙的设计代表了全希腊建筑艺术的最高水平，被誉为人类建筑艺术丰碑。从外部轮廓看，神庙气势雄宏，造型优美，呈现了一种永恒的和谐之美。研究者经过测量发现，神庙立面高与宽的比例为 19：31，接近希腊人喜爱的"黄金分割比"。四百多年之后，古罗马建筑师维特鲁威写了一本建筑学巨著叫《建筑十书》，维特鲁威在《建筑十书》中主张一切建筑物都应当恰如其分地考虑"坚固、方便、美观"。他认为建筑构图原理主要是柱式及其组合法则，建筑物"匀称"的关键在于它的局部、整体都以一个必要的构件作为度量单位，这个度量单位就是建筑的廊柱，以此为基础找到最佳的比例并在建筑中反复使用。不难看出，帕特农神庙完全符合维特鲁威的观点，优雅的美学比例就是处处遵循的黄金分割比。这再一次说明，人对美学的直观感受总是早于可以被验证的抽象理论。

与《营造法式》不同之处在于，中国的工匠遵循了天圆地方的宇宙观，而《建筑十书》则引进了人与建筑的关系。维特鲁威把人体的比例关系与建筑相联系，而人体最美的比例关系也恰好符合黄金分割法则。据此，意大利文艺复兴时期的达·芬奇就以《维特鲁威人》为名画了一张画，画中，达·芬奇以肚脐为界，把人体分为上下两个部分，上下之比正好是 0.618，也就是我们现在熟知的黄金分割点。

《建筑十书》因其论述更为详尽，而且伴有大量的图文和数字，更容易被后人理解而易于应用，受到极大关注，很快译成欧洲多种文字，成为文艺复兴时期建筑学的金科玉律。直到 L.B. 阿尔伯蒂的《论建筑》问世，也基本上沿袭了维特鲁威的《建筑十书》。文艺复兴时期的建筑理论家 S. 塞里奥甚至说："我认为，违反维特鲁威的教导就是错误。"直到 20 世纪初，《建筑十书》还被建筑界奉为圭臬，成为现代建筑遵循的基础和启蒙教材。

玩月记事

扬弃 · 四个人

第一个人：瓦尔特·格罗皮乌斯。

随着西方工业文明的兴盛，现代建筑，几乎再也找不到中国甚至东方的影子。这似乎也是农耕文化和农业文明在辉煌过后逐渐没落退场的一个标识。在各种文明次第登场的过程中，建筑作为一种固态的文化符号和艺术形态，自然不能置身事外，成了各种文明变迁的最好佐证。中国人对土地的依恋根深蒂固，这在建筑形态上也得到了反映。庄重、内敛、传统、与大地生生相系，这跟近代海洋文化推动下的工业文明产生了隔阂。工业文明的内在动力是竞争、征服、张扬、激越和创新，这就使得之前那种古典建筑所倡导的朴素、自然的建筑美学受到了挑战，并逐步退出了建筑的历史舞台，跟农耕文明一起日趋没落。

这一时期，实用主义，或者叫功能主义得到了前所未有的迅猛发展。

这要归功于对现代建筑产生深远影响的包豪斯学院的创始人——瓦尔特·格罗皮乌斯。

第一次世界大战之后，德国作为战败国，满目疮痍，百废待兴。战后重建的迫切需要，使格罗皮乌斯早先提出的将艺术和工业化相结合的教育理念得到了认可并很快加以实施，包豪斯学院就这样成立了。以包豪斯为基地，二十世纪二十年代形成了现代建筑中的一个重要派别——现代主义建筑，主张适应现代大工业生产和生活需要，以追求建筑功能、技术和经济效益为特征的学派。这种理念，跟当时倡导建筑复古流派相对立。创始人格罗皮乌斯是一名建筑设计大师，他认为："旧社会在机器的冲击之下破碎了，新社会正在形成之中。在我们的设计工作中，重要的是不断地发展，随着生活的变化而改变表现方式，决不是形式地追求风格特征。"他对那些主张传统的哥特式和维多利亚时代追求建筑华丽造型的复古流派说："真正的传统是不断前进的产物，它的本质是运动的，不是静止的，传统应该推动人们不断地前进。"因此，他力求让现代建筑设计挣脱十九世纪各种主义和流派的束缚，遵从科学的进步与民众的要求，并能够实现大规模的工业化生产。

由格罗皮乌斯亲自操刀设计的包豪斯校舍被誉为现代建筑设计史上的里程碑。这座"里程碑"包括教室、礼堂、饭堂、车间等，具有多种实实在在的功用，楼内的一间间房屋面向走廊，走廊面向阳光用玻璃环绕。格罗皮乌斯让包豪斯的校舍呈现为普普通通的四方形，尽情体现着建筑结构和建筑材料本身质感的优美和力度，使直线条的明朗和新材料的庄重成为现代建筑的主流。

当然，格罗皮乌斯对现代建筑的影响和贡献远不止于他设计的具有工业化时代特征的现代建筑。他更大的贡献在于现代建筑教育，他在学校里专门创办了建筑系，由他亲自领导，建立起教学、研究、生产于一体的现代教育体系。在此体系的催生下，包豪斯的设计大到房屋，小到茶壶、台灯等日常用具。在日常生活用品的设计中，包豪斯将工业化和规模化作为产品设计立足点，强调要为普罗大众生产出人人用得起的实用美观的物品。这也是西方民本思想在建筑设计领域的具体应用和体现。

第二个人：密斯·凡德罗。

格罗皮乌斯之后，继承他衣钵并继续将功能主义发扬光大的是另一位现代建筑大

　　　　　　　　　　　　　　　　　　　　　　玩月记事

师——密斯·凡德罗。

凡德罗于1930年接替格罗皮乌斯，任搬迁至德国绍和柏林的包豪斯学院校长。在前任的基础上，凡德罗通过对新材料在建筑中应用的探索，发展了一种极端简洁的风格。提出了现代建筑史上最经典的设计名言——"少就是多"。

"少就是多"也是东方传统美学和哲学的精髓，就像中国水墨画最有意境的那一片留白。但凡德罗提出的"少就是多"跟东方的悠闲与怡然并不相同，凡德罗的"少就是多"是建立在严谨与理性上的一种极简主义的应用。我们不是一定要找这位建筑大师与中国传统美学的关联，但非常巧合的是，凡德罗提出的另一理念也正好跟中国传统建筑相关联，那就是空间流动与贯通的设计思想。中国古代的士大夫阶层对水墨山水的意境情有独钟，从而将这种山水情怀移植于园林建造上，早在凡德罗之前，这些文人墨客就授意工匠，将这种流动空间的理念付诸现实，建造出了曲径连廊、山水相依、亭台呼应的中国园林。但就像"少就是多"的理念一样，凡德罗倡导的流通空间与中国造园艺术在出发点上就存在区别。区别在于一虚一实，一外一内，就像中国水墨画一样，中国园林的流动空间是虚空的、室外的，自由而随意，其出发点是为了赏玩。凡德罗这种流通空间是实用的、室内的，理性且有秩序，其出发点是满足建筑功能。因此，同一理念的不同应用，出现了截然不同的两种结果，在凡德罗的作品中，你完全看不到中国甚至是东方的影子，甚至连关联性也找不到。当然，不管是"少"与"多"，"虚"与"实"，"外"与"内"，在营造空间和抽象艺术的内涵表达上，二者是相通的，而且都相当成功。

凡德罗说："我希望你们能明白，建筑与形式的创造无关。"在密斯的设计中，不管是建筑本身，还是室内装饰到家具，没有一件东西是多余的，都要精简到不能再改动的地步。做到了行于所当行，止于不能不止。能够被称之为艺术品的杰作都是这样，精准到让你无可更改，建筑是这样，文学也是这样。

"少就是多"的设计理念，不仅在建筑设计上被后来的设计师奉为圭臬，对日常生活中的工业设计也产生了巨大影响，被很多人推崇并被反复应用，而且几乎每次都获得了成功，乔布斯和扎克伯格就是这种理念的忠实拥趸。

第三个人：勒·柯布西耶。

如果说格罗皮乌斯和凡德罗领导下的包豪斯流派确立了现代建筑的功能时代，那么勒·柯布西耶则开启了现代建筑的机器时代。

柯布西耶是和凡德罗同时代的建筑大师，而且跟凡德罗有过一起共事的经历。毫无疑问，柯布西耶的建筑理念受到了包豪斯学派的深刻影响，但他在功能主义的基础上对建筑又赋予了新的含义，提出了"房屋是居住的机器"的新概念。认为"现代社会已经达成这样一个结论，即为人类建造一个新的家园将成为判定一个文明特性的决定性因素。随着一种新的住宅形式的诞生，机器时代将迈入第二阶段，也就是普遍建造的阶段"。他提出了五个建筑学新观点（底层架空柱、屋顶花园、自由平面、自由立面以及横向长窗），这些观点影响了同时代的很多建筑师，开启了建筑的机器时代。他的作品萨伏伊别墅和马赛公寓是这个时代最具代表性的作品。

当然，柯布西耶对现代建筑的贡献也不止于此。虽然由他倡导的机器时代开创了现代建筑的新局面，但终归没有超出包豪斯功能主义为本质的樊篱。在当时大师辈出的建筑师黄金时代，仅仅如此他可能还无法跻身于现代四大建筑大师之列。他更大的贡献在于在花甲之年再一次超越自己，将现代建筑从功能主义转向了表现主义和后现代主义。他设计的朗香教堂将雕塑的表现力和建筑形式融为一体，成为现代建筑中的经典作品。

这样一路讲下来，似乎包豪斯主义完全引领了现代建筑设计的趋势。如果真是如此，那我们现在所处的城市环境就显得过于呆板而缺乏生机了。事实当然并非这样，我们所处的城市中，随处可见造型各异的建筑，给我们平淡的生活增加了很多浪漫的情怀和新奇的乐趣。

回望过去的时候，我们总是会感慨时代造就伟人，而忽略了对你自己来说，当下就是最好的时代。之所以说二十世纪初是建筑师的黄金时代，这要归功于在工业文明的推动下，大量新材料新技术的发明和诞生。如果没有电梯技术的成熟，高层建筑和摩天大楼就只能存在于建筑设计师的想象中，正是基于这样一个新的发明创造层出不穷的时代，让建筑设计师们天马行空的想象变为了现实。

讲到这里，就必须要推出第四个人：弗兰克·劳埃德·赖特。

赖特生于机器时代，但却并没有受限于机器时代的禁锢。他打破了由包豪斯学派所倡导的以功能主义为主旨的结构限制，将崇尚自然的建筑观引入现代建筑中，让建筑的艺术性和功能性得到了和谐共生，赋予建筑全新的生命力。通俗一点讲，赖特让冷冰冰的建筑有了温度，让死气沉沉的钢筋混凝土活了起来。

赖特倡导居室应处在自然的怀抱之中，他认为："我们的建筑如果有生命力，它就应该反映今天这里的更为生动的人类状况。建筑就是人类受关注之处，人本性更高的表达形式，因此，建筑基本上是人类文献中最伟大的记录，也是时代、地域和人的最忠实的记录。"科学技术的发展让赖特在建筑设计中有了更多的可能，他主张技术要为艺术服务，试图让建筑结构在新材料和新技术的应用下表现出连续性和可塑性，营造出新时代的空间感。他说："科学可以创造文明，但不能创造文化，仅仅在科学统治之下，人们的生活将变枯燥无味……工程师是科学家，并且可能也有独创精神和创造力，但他不是一位有创造的艺术家。"他第一次将现代建筑与自然环境相融合，这要得益于他对中国传统建筑和东方文化的理解与推崇。他提出了"有机建筑"的设计理念，认为每一个建筑，都应该根据各自特有的客观条件，形成一个理念，把这个理念由内到外，贯穿于建筑的每一个局部，使每一个局部都互相关联，成为整体不可分割的组成部分。这一理念的核心其实就是"道法自然"，就是要求依照大自然所启示的道理行事，但不是模仿自然。从这一点上来讲，他跟他同时代的建筑师拉开了差距，为建筑学开辟了新的境界。赖特做到了东西方文化的兼容并蓄，并成功地应用在他的作品中，流水别墅就是他设计理念充分应用的集大成者。

　　流水别墅是赖特为卡夫曼家族设计的别墅。在瀑布之上，赖特实现了"方山之宅"的梦想。建筑构思大胆而巧妙，成为无与伦比的世界最著名的现代建筑。别墅悬空的楼板铆固在后面的自然山石中，看上去整个建筑像是从山体中自己长出来的一样，与周边环境高度融合，巨大的露台扭转回旋，以一种不可思议的张力延展开来，盘旋在宾夕法尼亚的岩崖之中。支撑建筑的墙体用自然山岩砌成，瀑布水流是流水别墅的神来之笔，水流从建筑下方的天然石阶上一层层地自然跌落，与整个建筑浑然天成，一气呵成，看上去毫无人工穿凿的痕迹，完全是大自然的鬼斧神工。在这里自然和人悠然共存，呈现了天人合一的最高境界。

过去 · 未来

回望过去，我们不无遗憾地看到，西方人占据世界建筑舞台中心的时间真是太久了。一百年，两百年，甚至三百年。越看越觉得中国建筑在现代建筑领域的贡献真的乏善可陈。有些人不服气，但也只能搬着秦砖汉瓦垫在脚下跟人家较劲。这也难怪，建筑本来就是科学技术发展的一个表征，尤其是现代建筑，无不映照出科技的影子。再看一看，在近代发展史上，我们落后的岂止于建筑。思想科技，文治武功，在太久的皇权统治下像被封禁了一样原地踏步几百年。好在我们能够知耻而后勇，在各种艰难困苦中奋勇向前，迎头赶上。在近四十年的高速发展中，中国建筑也越来越被世界瞩目。差距依然存在，但越来越多的中国建筑设计师已经走向世界建筑舞台。中国元素的设计作品，也越来越多地进入了世界建筑设计同行们的视野。

2012 年，中国建筑师王澍站在了世界建筑舞台的中央，让全世界建筑师的目光投向了中国。凭借作品中国美院象山校区以及宁波美术馆荣获建筑学最高奖——普利兹克奖，其成为第一位获此殊荣的中国人，也是继 1983 年贝聿铭之后，第二位获此殊荣的华人建筑师。他还是世界第 4 年轻的普利兹克获奖者。一时，众多荣耀傍身的王澍一下子成为媒体关注的焦点，尤其是国内媒体，因为在此之前，王澍在国内建筑领域并不怎么出名。

中国现代建筑教育起步很晚，可以说完全师承西方建筑也毫不为过。说到现代建筑，我前文中特别介绍的这四位（格罗皮乌斯、凡德罗、柯布西耶和赖特）可以说厥功至伟。他们是被世界公认的现代建筑大师，开创了建筑发展史上的现代主义和后现代主义。耐人寻味的是，这四人中除了美国的赖特，其他三位都是包豪斯流派的创始人、发扬者和变革者。这也不难理解，因为正是从格罗皮乌斯创办包豪斯学院开始，才有了现代建筑的发展。可以说，包豪斯学院诞生的一百年来，培育和影响了后来差不多全世界的建筑师，中国当然也不例外。在效法西方建筑理念的过程中，中国传统的文化元素很难融入其中。即便在一些建筑上做一些飞檐斗拱的中国元素，但很多都只是一种形式上的牵强附会，并未触及本质。对于中国建筑师来说，理念是西方的，技术是西方的，但自己从小耳濡目染传承的文化是东方的。这种文化上的差异让很多建筑师左右为难，要西方西得不够地道，要东方东得不够有底气。牛排就着米饭吃，就这样吃了很多年，这或许就是中国建筑师很难做出世界性建筑的原因之一。

但王澍做到了，王澍的成功在于他的反叛。他把自己的工作室命名为"业余建筑工作室"。王澍是这样阐释"业余"的，"强调一种建筑观是业余的，实际上就是在强调自由比准则有更高的价值，并且乐于见到由于对信用扫地的权威的质疑所带来的一点小小的混乱"。王澍反叛的是所谓的建筑权威，是各种理念框架下对自由创作的种种限制。王澍的反叛还表现在他学业有成时，并未像众多的同行一样去急于获取利益，而是带着几个学生在杭州西湖边画画，以一种"隐居"的方式生活着。在此期间，他与工匠一同干活上工，以一种最原始也是最朴实的途径，来一步一步走近他理想中的中国建筑艺术，探寻如何用现代建筑语言，来呈现中国建筑美学和文化内涵的途径。

但王澍又是传统的，他的血脉中有着中国传统文化深深的烙印。王澍以建筑设计名世，但他对自己更认同的却是文人身份。他在《造房子》里说："我一向认为我首先是个文人，碰巧会做建筑！"这或许是王澍对自己"业余建筑工作室"的另一种解读。他没有让"建筑设计"成为自己人生的使命，自然也就不会成为自己人生的负担。这么说也许会让很多以"建筑设计"为生命的人不忿。不忿也没有用，因为这也正好是中国知识分子的一种情结和气质。气质是一种沉淀的颜色，它带着一个民族的基因。通过血脉传承，赋予一个人与生俱来的特质:学者？艺术家？工匠？商贾？市井小民？这些底色会随着岁月给予的滋养、自身的根器以及成长环境的变迁、知识的汲取和文化的累积而逐步成型。这似乎是中国特有的一种文化现象。自古以来，中国的医生、画家、书法家、音乐家，甚至是政治家，都首先认同自己的文人身份。官至礼部尚书、太子少保的纪晓岚说:"书生百无一用！"但他还是以做书生自得。

正是对中国文化的深刻领悟，王澍将中国山水画的意境融入建筑设计中。用中国山水画来定义建筑在自然中的位置、高矮以及造型。他将建筑看作是山水中的一部分，不突出，不刻意，让建筑完全融入周围的环境中，形成一个整体，并且，从外形结构到室内装饰，始终将这种美学理念贯穿始终。王澍对传统的表达，并没有停留在过去，而是面向未来。就像格罗皮乌斯说的:"真正的传统是不断前进的产物，它的本质是运动的，不是静止的，传统应该推动人们不断地前进。"事实上，我们现在能够看到的所有传统，都已经是在岁月的荡涤中被不断注入新的活力的延续，而那些不能存续的传统，恰恰因没有新生力量的介入，早早地化成了灰烬，冷却在了历史的尘埃里。具有反叛精神的王澍，恰好把握了这种继承和发扬传统的本质。这种对中国传统文化在建筑中的高超表达，以及对不同建筑材料组合的巧妙把握，使得他的作品有着一种独特的象征性和延续性。

普利兹克奖评委会主席帕伦博勋爵这样评价王澍:"他的作品能够超越争论，并演化成扎根于其历史背景永不过时甚至具世界性的建筑。"《时代》杂志最认可王澍的理由是："中国建筑的未来没有抛弃它的过去。"不抛弃过去而能看见未来，这是对一个民族文化生命力的最高褒奖。

反过来说，你的未来，正是你曾经的过去。

觉醒·共生

非常巧合的是，在写这篇文章的过程中，刚好看到一部纪录片《人类消失以后》。讲如果哪一天人类突然从地球上消失了，那么人类创造的这些文明成果，在没有人类的维护下将会是怎样的命运。这看似是一个荒诞假设下的杞人忧天，但从一个逆向的角度探讨人与自然和谐共生的必要性来看，让我对人和自然的联系有了新的认识。我们以往一直在讲人类怎样破坏自然，但却忽略了人类也一样在保护自然。因为人本来就是自然的一部分。就像山河、树木、花鸟虫鱼是自然的一部分一样。人为了生存有时会对抗甚至是破坏自然，为了生存也会与自然讲和而达到共生共荣。这是一个不断觉醒的过程。

从功能主义到机器时代再到有机建筑，人总会在发展的某一个阶段找到与自然共生的形式和方法。这一过程中，我们看到了东方"道法自然"哲学观念的回归。这里并不是要去计较孰先孰后，孰优孰劣。贾平凹说过："道被确立后，德将重新定位！"不同的阶段，我们去做不同的事，做那一阶段正确的事。管他的理念是东方的还是西方的，是过去的还未来的。世界大同，无问西东，道法自然，不论古今。

所有的文明始于自然，也将归于自然。

玩月记事

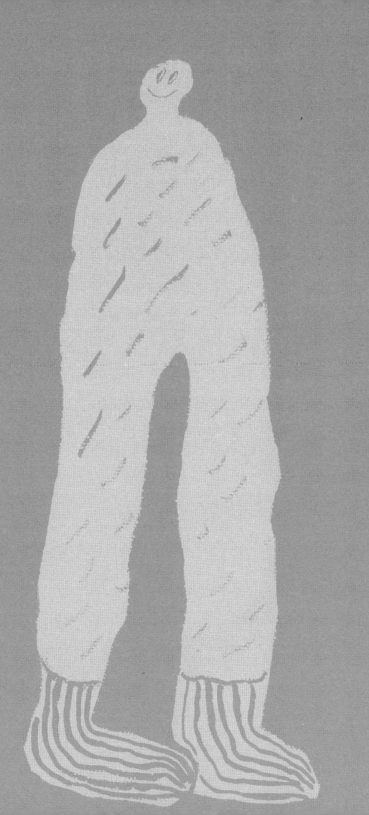

I'M NOT DARK I'M NOT WHITE